Michael Teubert

Kurzgeschichten zu Weihnachten

Michael Teubert

Kurzgeschichten zu Weihnachten

Für die Frau meines Lebens ... Ute

Bibliografische Information der Deutschen Nationalbibliothek:
Die Deutsche Nationalbibliothek verzeichnet diese Publikation in der Deutschen Nationalbibliografie; detaillierte bibliografische Daten sind im Internet über http://dnb.dnb.de abrufbar.

© 2019 Michael Teubert
www.michael-teubert.jimdosite.com

Illustration: Pixelio.de

Verlag: BoD · Books on Demand GmbH,
Überseering 33, 22297 Hamburg, bod@bod.de
Druck: Libri Plureos GmbH, Friedensallee 273,
22763 Hamburg
ISBN: 978-3-7693-6813-0

Inhaltsverzeichnis

Prolog

Der herrliche Sommer war zu Ende und ich saß, wie eigentlich öfter noch, bei mir zuhause auf dem Balkon. Es wurde am Abend schon merklich kühler und man merkte bereits das Nahen der kalten Jahreszeit.

„Kein Wunder." dachte ich noch so bei mir. „Es ist bereits Mitte September und das Weihnachtsfest ist eben nur noch ein paar Wochen entfernt."

Die Insekten waren verschwunden und selbst die Vögel ließen sich nur noch höchst selten einmal blicken.

Ich machte also das, was ich meistens tat, wenn ich alleine war – ich dachte an sie.

Ich machte das öfter ... alleine mit meinen Gedanken und versunken in der maßlosen Sehnsucht nach ihr.

Irgendwie war es aber auch ein gutes Gefühl ... ich hatte sie gefunden ... sie war plötzlich in mein Leben gestürmt und hatte mit nur einem einzigen Blick Alles, was mich bis dahin ausmachte, plötzlich auf den Kopf gestellt. Seit diesem Tage konnte ich keinen Atemzug mehr ohne sie machen.

„Angekommen eben", war ein beliebter Ausspruch von mir damals.

„Das passiert eben nicht Vielen … wenn es aber so ist, dann merkst Du das", sagte mir einmal ein Freund.

Das war wohl wahr … ich hatte so etwas noch niemals erlebt … es war ein gutes Gefühl.

Es hatte immer etwas ganz Besonderes für mich, hier zu sitzen.

Vielleicht war es auch der Gedanke an die schlechten Zeiten, die ich überlebt hatte.

Es war ja noch gar nicht so lange her, da lag ich noch auf der Intensivstation und damals war es mein größter Wunsch gewesen, nur noch ein einziges Mal eigenständig den Flur der Krankenstation entlang zu laufen.

So änderten sich die Zeiten eben.

An diesem Abend sah ich – wie meistens eigentlich – hinauf in den Himmel.

Plötzlich war es einfach in meinem Kopf... dieses alte Weihnachtsgedicht von Theodor Storm, welches ich schon als Kind gehört hatte und damals schon so anmutig fand.

„Von drauß' vom Walde, da komm' ich her. Ich muss Euch sagen, es weihnachtet sehr.

Allüberall auf den Tannenspitzen sah' ich goldener Lichtlein blitzen.

Und droben aus dem Himmelstor schaute mit großen Augen das Christkind hervor.

Und wie ich so strolcht durch den finsteren Tann', da sprach's mit heller Stimme mich an: 'Knecht Ruprecht', rief es. 'Alter Gesell'. Hebe die Beine und spute Dich schnell.

Die Kerzen fangen zu brennen an – das Himmelstor ist aufgetan. Alt und Junge sollen nun von der Last des Lebens einmal ruh'n.

Und morgen flieg' ich hinab zur Erden – denn es soll wieder Weihnachten werden.

So geh' denn rasch von Haus zu Haus – und such' die guten Kinder aus. Damit ich ihrer kann gedeken – mit schönen Sachen sie mag beschenken.

Ich sprach: 'Oh lieber Herr Christ. Meine Reise fast zu Ende ist. Ich soll nur noch in diese Stadt – wo's eitel gute Kinder hat.'

'Hast Du das Säcklein auch bei Dir?'

'Ja … das Säcklein … das ist hier. Denn Äpfel, Nuss und Mandelkern essen alle Kinder gern.'

'Hast denn die Rute auch bei Dir?'

Ich sprach: 'Die Rute – die ist hier. Doch für die Kinder nur, die Schlechten. Die trifft sie auf den Teil. Den Rechten.'

Christkindlein sprach: 'So ist es Recht – so geh' mit Gott mein treuer Knecht.'

Von drauß' vom Walde, da komm' ich her – ich muss Euch sagen, es weihnachtet sehr."

Natürlich werden jetzt die Meisten sagen, dass es bestimmt nur wieder einmal eine Fehlfunktion meines Hirns sei und ich mittlerweile ja im Herbst schon die alten Weihnachtsgedichte aufsagen würde.. was ja bei meiner ganz persönlichen Vorgeschichte nicht unbedingt verwunderlich wäre.

Wer kennt denn noch - diese alten Geschichten - und wer glaubt denn noch an diese Wesen, die uns zu einer besonderen Jahreszeit eigentlich immer etwas Gutes tun?

Nicht unbedingt materiell – aber eben immer grundsätzlich und bleibend.

Wir sind dazu einfach zu aufgeklärt und unsere Entwicklung verbietet es uns, an solcherlei Dinge „zu glauben".

Anders war das ja noch, als wir Kinder waren.

Wir glaubten an das, was wir sahen – manchmal eben auch an das, was wir nicht sahen.

Zweifelsfrei – diese Zeit war schöner ... nicht unbedingt, weil wir an Alles glaubten ... vielmehr, dass wir unsere Unbeschwertheit verloren haben. Wer sie uns genommen hat ... darüber können wir nur spekulieren.

Weihnachten war ja für mich immer etwas ganz Besonderes ... anders, als andere Feste.

Der höchste christliche Feiertag ist ja bekanntlich das Osterfest ... aber Weihnachten war eben immer irgendwie anders.

Vielleicht war es die Ruhe und der Frieden, den dieses Fest ausstrahlt... vielleicht ist es aber einfach nur der Kommerz.

Die übergroßen Tannenbäume in jedem Einkaufscenter ... die Nikoläuse und die Schlitten ... die wunderbare Beleuchtung und die Christbaumkugeln, wo man auch nur hinschaut.

Das Alles hatte bei mir tatsächlich eine ganz besondere Stimmung ausgelöst.

Ich kann mich noch gut daran erinnern, als ich noch schnell, unorganisiert und in irgendeiner Arbeitspause ein paar Geschenke gekauft hatte, um nur nicht mit leeren Händen dazustehen.

Das wäre das Schlimmste gewesen für mich.

Heute ist das anders.

Es macht mir nichts mehr aus ... ob ich nun eine Goldkette für viel Geld oder irgend etwas anderes habe.

Die Zeiten haben sich eben geändert.

Man sagt das ja immer wieder.: „Weihnachten ist ein Fest der Liebe und des Brauchtums."

Sehr viel ist natürlich von diesem Brauchtum nicht mehr zu spüren. Es dreht sich Alles eben immer um den Umsatz.

Eigentlich ist das natürlich schade. Die jungen Menschen wissen oft gar nicht, warum sie Weihnachten überhaupt feiern und selbst die Älteren haben eine ganz andere Vorstellung vom Weihnachtsfest.

Weihnachten hat sich eben verändert.

Aber hat sich dieses Fest als Solches verändert oder sind es die Menschen, die plötzlich die Dinge anders sehen?

Ich befürchte, es sind die Menschen an sich, die sich geändert haben.

Das kann man ja unschwer fast überall erkennen. Rücksichtslosigkeit, mangelnder Anstand und die charakterliche Verkommenheit sind ja unschwer zu übersehen.

Auf den folgenden Seiten versuche ich, dem Leser diesen Zauber des ursprünglichen Weihnachtsfestes wieder näherzubringen.

Es bleibt natürlich einem Jeden selbst überlassen, was er wo und wie glauben möchte.

Tatsache ist jedoch, dass ich alle diese Geschichten so oder in einer abgewandelten Form selbst erlebt habe.

Schauen wir also einfach auf die einzelnen Geschichten und entscheiden selber, welcher von Ihnen wir Glauben schenken können.

Ich wünsche dem Leser eine Menge Spaß und natürlich, diese ganz besondere Stimmung wieder zu erleben... ich denke, wir haben uns das einfach verdient.

Michael Teubert

Der Werboneit

Manchmal denke ich noch an ihn. Zumeist ist es kurz vor Weihnachten in dieser stilleren Adventszeit – aber eben insbesondere auch am Heiligen Abend.

Dann sehe ich stets sein trauriges Gesicht und seine unsagbar traurigen Augen vor mir.

Er war ja ganz alleine und die Kinder lachten immer verstohlen und diebisch über ihn, wenn er durch unsere Straße ging.

Die Lehrer hatten uns oft darüber belehrt, dass wir soziale Kompetenzen erwerben müssten und dass man so etwas nicht unbedingt nur in der Schule allein vermittelt bekäme.

Ja, so waren sie eben – diese Lehrer von damals.

Sie hatten aus einer Berufung einen Beruf gemacht und waren jeden Tag darum bemüht gewesen, aus dem ihnen angelieferten Rohmaterial ordentliche und gebildete Menschen zu machen.

Zumeist war es ihnen früher oder manchmal auch eben etwas später dann irgendwann gelungen.

Ich konnte damals ja noch nicht so sehr viel mit diesem Begriff anfangen, aber irgendwie hatte ich das Gefühl, dass es genau das sein müsse, was diese bürgerlichen Vorstadtkinder eben nicht hatten.

„Passt auf, da kommt der Krüppel Werboneit", sagten sie oft und lachten.

Dann stellten sie sich diebisch, verlegen grinsend und natürlich auch mit einem ausreichenden Sicherheitsabstand an den Straßenrand und mir war es oft so vorgekommen, als müsse dieser arme Kerl einen Spießrutenlauf absolvieren.

Ich glaube, so ähnlich war es für ihn auch.

Einmal hatten sich unsere Blicke ganz kurz getroffen, aber mir fehlte der rechte Mut, ihn direkt anzusprechen.

Das Einzige, was ich dann doch noch stammelnd herausbekam, war ein kurzes und verlegenes „Hallo Herr Werboneit" gewesen.

Seine Augen hatten dabei ganz kurz aufgeleuchtet und er antwortete viel freundlicher, als ich es jemals erwartet hätte: „Hallo Michael".

Er kannte also meinen Namen.

Dabei hatte er sogar die linke Hand kurz aus dem Gesicht genommen und gegrüßt.

Normalerweise schützte er ja genau mit dieser Hand immer diese seltsam hängende Gesichtshälfte – damit es nur niemand mitbekommen möge, was er da verbergen wollte.

Damals wusste ich noch nicht, dass auch mein Vater irgendwann einmal seine Hände genau so halten würde.

Irgendwie aber schien an diesem Tage der Bann zwischen uns gebrochen zu sein.

Später hatte er dann sogar oft über die Straße herüber gerufen und gelächelt.

„Na Micha – alles klar bei Euch zuhause? Grüße Deine Eltern von mir."

„Na klar - mache ich, Herr Werboneit", antwortete ich dann meistens. „Passen Sie auf sich auf."

Am Liebsten hätte ich natürlich auch liebe Grüße ausrichten lassen – an seine Familie – aber er hatte ja keine.

Ein Auto hatte er auch nicht – nur so einen alten, verrosteten Drahtesel, mit dem er ab und zu gefahren war.

Dann lachten sie noch mehr über ihn, weil er ja die Hände nicht vor sein Gesicht halten konnte, wenn er an ihnen vorüber fuhr.

„Ihr seid ja solche Drecksäcke", sagte ich ihnen einmal.

Außer ihrem gewohnt dummen und verlegenen Lachen war aber keine weitere nennenswerte Reaktion erfolgt.

Eines Tages - es war am Heiligen Abend – mach-
te ich mit meinem Vater kurz vor der Bescherung
noch einen Spaziergang in der Dunkelheit.
Das machten wir immer an diesem Tage.
Für mich war es stets eine ganz besondere Stim-
mung, die mich dann erfasste.
Die friedliche Stille, der Sternenhimmel und diese
herrliche Ruhe in der gesamten Umgebung unse-
res Wohnortes löste in mir immer etwas ganz Be-
sonderes aus.
In der Nachbarschaft waren dann nahezu alle
Fenster festlich beleuchtet. Hier und da sah man
die erleuchteten Kerzen der glitzernden Weih-
nachtsbäume in den Wohnzimmern und man
konnte die Besonderheit dieses Abends fast
schon körperlich spüren.
An einem dieser ganz besonderen Abende be-
merkte ich auch zum ersten Mal, dass man den
leise gehenden Wind, der die weihnachtlich be-
leuchteten Tannen vor den Häusern bewegte,
tatsächlich hören konnte.
Dazwischen knirschte nur leise der frisch gefalle-
ne Schnee unter unseren Füßen.
Bei diesen Gelegenheiten erzählte mir mein Vater
oft von den Weihnachtsfesten seiner Jugend –
und dass sie für ihn so unvergesslich gewesen
waren.

Ich hatte stets aufmerksam zugehört und oft bekam ich eine wohlige Gänsehaut bei seinen Berichten und Erzählungen von damals.
Es musste wunderbar gewesen sein.

An diesem einen, besonderen Abend tauchte plötzlich vor uns eine Gestalt in der Dunkelheit auf.
Ich hatte sofort erkannt, um wen es sich handeln musste. Es war der alte Werboneit.
Von Weitem sah ich schon die besondere Silhouette seiner Figur und seine Hand - wie immer, die linke Gesichtshälfte verdeckend.
Ganz allein stapfte er durch den Schnee und war offensichtlich auf dem Weg nach Hause.

„Hallo Herr Werboneit", sagte mein Vater zu ihm.
„Ich wünsche Ihnen ein frohes und friedliches Weihnachtsfest."
„Vielen Dank. Das wünsche ich Ihnen auch", hatte er geantwortet.
Er war schon fast an uns vorbeigegangen, da hörte ich meinen Vater sagen: „Was machen Sie denn alleine hier draußen? Bekommen Sie denn keinen Besuch heute?"
„Nein", antwortete er.
„Meine Kinder wohnen ja nicht mehr bei mir und

sie haben heute sicherlich genug mit ihren eigenen Familien zu tun."

Dabei hatte er wieder so unsagbar traurig geschaut.

„Werden sie denn morgen oder übermorgen kommen?", hörte ich meinen Vater fragen.

„Nein", antwortete der alte Werboneit. „Mein Sohn hat mich heute angerufen und gesagt, dass er es beruflich nicht schaffen wird. Direkt nach den Feiertagen muss er für die Firma ja die Inventur vorbereiten und für einen Abend über 500 Kilometer zu fahren, wäre natürlich auch irgendwie unsinnig. Aber er wird mir ein wenig Geld schicken, damit ich in seinem Auftrag ein paar frische Blumen für das Grab seiner Mutter kaufen kann."

„Wissen Sie was?", sagte mein Vater lächelnd.

„Jetzt kommen Sie erst einmal mit zu uns. Ich lade Sie zum Essen ein und so eine halbe Portion, wie Sie, bekommen wir immer satt. An so einem besonderen Abend, wie heute, bleibt man nicht alleine."

Anfänglich hatte sich der alte Mann noch ein wenig geziert.

„Nein, nein – das ist doch nicht nötig. Sie haben sicherlich auch noch andere Dinge, mit denen Sie sich heute Abend noch beschäftigen werden. Da können Sie so einen Opa, wie mich, sicher nicht gebrauchen."

Mein Vater war unnachgiebig geblieben und so stapften wir dann also letztendlich gemeinsam durch den Schnee zurück zu unserem Haus.

Es war so wohlig warm, als wir ankamen und bereits an der Haustüre hatte ich diesen ganz besonderen Geruch der Mischung des fast fertigen Abendessens, dem Gebäck und den Süßigkeiten in mich eingesaugt.

Meine Mutter war ganz überrascht, als sie Herrn Werboneit gesehen hatte und sagte zu ihm: „Das trifft sich äußerst gut, Herr Werboneit. Wie ich gehört habe, kochen Sie doch so gerne und gut. Würden Sie mir kurz noch etwas zur Hand gehen wollen?"

Der alte Mann hatte sich nicht lange bitten lassen und schon bald stand er mit hochgekrempeltem Hemd und einer alten Schürze von ihr ausgestattet in der Küche und schälte die Kartoffeln.

Dabei hatten sie erzählt und nach kurzer Zeit hörte ich ihn lachen – es war wirklich das erste Mal gewesen, dass ich ihn lachen hörte.

Mein Vater versorgte die Beiden mit heißem Punsch und mich mit Limonade.

Dann sagte er: „Ich freue mich, dass Sie heute

hier sind. Ich wünsche uns allen einen schönen Abend und ein friedliches Weihnachtsfest."

Es wurde ein ganz besonderer Abend.
Nach dem Essen hatten wir zusammengesessen und viel geredet.
Der alte Werboneit erzählte von den glücklichen Weihnachtsfesten, als die Kinder kleiner und seine Frau noch gesund gewesen war.
Irgendwann waren die Kinder weggezogen und seine Frau sterbenskrank geworden.
Er hatte ihr nicht helfen können und sie bis zu ihrem letzten Atemzug begleitet.
„Willst Du nicht mal nachschauen, ob das Christkind Dir auch etwas gebracht hat?", fragte mein Vater.
Meine Güte - ich hatte doch glatt die Bescherung vergessen.
Das war mir tatsächlich noch niemals passiert.
Als ich dann wenig später vor dem funkelnden Tannenbaum stand, sah ich all diese wunderbaren Dinge, die ich mir so sehr gewünscht hatte.

„Ich glaube, das Christkind war gerade auf dem Nachhauseweg noch einmal kurz hier", hörte ich meinen Vater sagen. „Zufälle gibt es – nicht zu fassen."

Dann griff er unter den Weihnachtsbaum und holte einen kleinen Umschlag hervor.

„Na so was – da steht tatsächlich ‚für Herrn Werboneit' drauf."

Der alte Mann war fassungslos gewesen.

Mit zitternden Händen und kaum noch Herr seiner Stimme hatte er vorgelesen: „Für Herrn Werboneit und seine Frau. Ich wünsche Euch Beiden ein gesegnetes Weihnachtsfest. Das Christkind."

Dabei waren ihm ein paar Tränen über die Wangen gelaufen.

„Das wäre doch nicht nötig gewesen", hatte er noch leise gesagt.

„Was nötig ist und was nicht, entscheidet an solchen besonderen Abenden eigentlich das Christkind immer ganz alleine", grinste mein Vater.

„Wunder passieren nämlich immer nur den Menschen, die auch an Wunder glauben."

Dann erhob er das Glas und sagte: „Noch einmal. Wir wünschen Ihnen ein frohes Fest - und jetzt kommen wir zum gemütlichen Teil des Abends."

Einige Stunden später waren dann auch, wie jedes Jahr, die näheren Nachbarn bei uns anwesend.

Es war ja immer so eine Art Tradition, dass man sich am späteren Heiligen Abend noch einmal be-

suchte.

Da saßen wir dann – alle gemeinsam in unserem Kaminzimmer vor dem lodernden Feuer und dem leisen Knacken des Birkenholzes.

Irgendwann zu späterer Stunde sagte der alte Werboneit dann: „Also – ich heiße Herbert. Es wäre mir eine Ehre, wenn wir uns ab heute duzen würden."

„Prost Herbert", riefen die Männer lautstark und nahmen ihn freudig in den Arm.

Es hatte nach diesem Abend noch einige dieser wunderbaren Weihnachtsfeste bei uns gegeben – aber auch in den anderen Jahreszeiten war Herr Werboneit irgendwie viel glücklicher, als sonst gewesen – das war zumindest mein persönlicher Eindruck.

Eines Tages war er plötzlich nicht mehr erschienen.

Trotzdem war es in den Folgejahren dennoch auch eine Art Tradition geworden, ihn an diesen Tagen zu besuchen – bei seiner Frau.

Eigentlich denke ich aber an diesen ganz besonderen Abenden immer an ihn.

Wenn es dann zu später Stunde noch etwas stil-

ler wird, sitze ich zumeist vor meinem eigenen Kamin, schenke mir ein Glas Punsch ein und sage dann leise:

„Ich wünsche Ihnen und Ihrer Frau ein frohes und gesegnetes Weihnachtsfest, Herr Werboneit."

Ferdinand

*D*er Schnee fiel lautlos auf die Erde dieser wunderbaren Umgebung inmitten der weitläufigen Apfelplantage.

Im Schein des heimeligen Lichtes aus dem Wohnzimmer der kleinen Blockhütte, die wir an diesen besonderen Tagen immer gemietet hatten, funkelten die Flocken an diesem Abend irgendwie ganz besonders.

Sie tanzten, wie ein Ballett – ganz so, als würden sie einer besonderen Choreographie folgen.

Es war vollkommen still in dieser Nacht und ich hatte gemeint, dass man sogar mein Ausatmen des Rauches der Zigarette bis in den nächsten Ort hören könne.

Vollmond und ein sagenhafter Sternenhimmel - diese Nächte hatten immer etwas ganz Besonderes für mich.

Da war es dann eigentlich auch vollkommen egal, ob es gerade Sommer oder Winter war.

Das erste Mal war mir dieser ganz besondere Anblick bereits vor vielen Jahren aufgefallen.

Damals waren wir während einer Klassenfahrt ganz in der Nähe gewesen und dieser Himmel hatte bis heute absolut Nichts von seinem ganz besonderen Zauber eingebüßt.

Von drinnen hörte ich leise die Stimmen aus dem Fernseher und Ute hatte es sich mit dem kleinen Lucky auf der Couch - beide wohlig eingepackt in eine Decke - gemütlich gemacht.

„Meine Güte Junge. Du bist ein absoluter Glückspilz mit dieser Frau", sagte ich mir oft.

Wir waren ja bereits öfter hier an diesem ganz besonderen Ort zu Gast gewesen und bei meinen frühmorgendlichen Spaziergängen mit Ike, dem Hund ihrer Tochter Dajana, hatte ich ihm oft schon lauthals alte Wanderlieder, wie „Im Frühtau zu Berge" vorgesungen.

„Ich glaube, der arme Kerl ist vollkommen traumatisiert von deinem Gesang", sagte sie mir einmal grinsend. „Ich befürchte, ich muss mit ihm zu einem Hunde-Psychologen."

Natürlich konnte ich nicht unterscheiden, ob die Blicke des Hundes während meiner Vorträge wirklich Begeisterung oder lediglich Mitleid gewesen waren - aber offensichtlich hatte er allem Anschein nach meine wirklich gut gemeinten und aus vollstem Herzen kommenden Gesänge zumindest bisher weitgehend unbeschadet überstanden.

Heute war wieder so eine ganz besondere Nacht.

Es war der Silvesterabend und oft dachte ich

daran, wie ich diese Nacht in früheren Jahren oft verbringen musste.

Wir hatten ja oft Musik gemacht und den Menschen dann einen möglichst unvergesslichen Jahresübergang bereitet – unvergesslich waren meine persönlichen Jahresübergänge ja so oder so.

Natürlich verdienten wir dabei auch gutes Geld. Trotz dessen – freiwillig würde ich wohl so etwas niemals mehr wieder machen wollen.

Ich dachte gerade noch an diese Zeit, nahm einen letzten Zug von der Zigarette und drückte sie in diesem kleinen Aschenbecher aus, den wir immer auf der Fensterbank des Küchenfensters platziert hatten - da bemerkte ich plötzlich eine schnelle Bewegung in der Dunkelheit.

Zunächst dachte ich bei mir, dass ich mich geirrt haben müsse... in so einer unheimlichen Dunkelheit wäre das ja weitgehend „normal" gewesen … aber irgend etwas ließ mich ein wenig genauer hinsehen.

Da war es wieder.

Eiskalt lief es mir den Rücken hinunter … auf den ersten Blick war es nicht genau erkennbar gewesen... aber es war schnell und es lebte … Was war das?

Ich war ja „Mann" … und Männer haben bekanntlich niemals Angst.

Also fasste ich all meinen Mut und erhob mich, um zu sehen, was es war.
Langsam ging ich also in diese Richtung … da war es wieder …

Ich hatte schon früher daran gedacht, wie Indianer sich in so einer Situation verhalten würden … und eigentlich war ich ja Einer.
Das ist wirklich wahr … ich hatte in früheren Zeiten schon immer das gemacht, wozu die Anderen nicht in der Lage waren. Sei es aus Scham oder einfach nur aus Angst.
Angst hatte ich in solchen Situationen natürlich auch … ich hatte es mir nur nicht anmerken lassen. Es gab nämlich immer Jemanden, für den ich das tat.

Meistens war es mein Vater.
Einmal war ich bis in die Spitze eines Kranes geklettert – nur weil der Monteur schäbig lächelnd nach einem Schraubenzieher gefragt hatte und die Anderen allesamt verlegen und verlogen auf den Boden sahen.
Das hatte mich damals schon von ihnen unterschieden – sie wussten es – ich auch – das war mir persönlich genug.

Ich hatte ihn „Ferdinand" genannt – es war eine kleine Flugente, die sich anscheinend den rechten Flügel gebrochen hatte.

Aus diesem Grunde war er eben auch nicht so schnell und mir war es recht leicht gefallen, ihn zu fangen.

Ich wusste zu diesem Zeitpunkt ja gar nicht, wie man so eine Flugente nach Geschlechtern unterteilt – das weiß ich bis heute nicht – aber "Ferdinand" kam mir einfach passend vor.

Also packte ich ihn erst einmal in einen Karton … natürlich gut gepolstert und nach Oben offen … und nahm ihn mit ins warme Zimmer.

Dort saß er dann … sichtlich verängstigt und verunsichert.

„Was hast Du denn da mitgebracht?", fragte sie noch, bevor sie ihm gütig lächelnd ein wenig Wasser gegeben hatte.

Er trank es gierig aus.

„Was frisst so eine Flugente denn? Sobald morgen früh der Notdienst geöffnet hat, werden wir mit ihm zum Tierarzt müssen."

Wir stellten ihm so Einiges vor den kleinen Schnabel … fressen tat er nicht.

Verschämt und voller Angst sah er immer wieder nach unserem Hund, den das ganze Szenario *nicht wirklich zu interessieren schien. Es war ein richtig guter Hund.*

Das muss man sich einfach einmal vorstellen ... ein typisches Futtertier für einen Hund - und Dieser interessierte sich absolut nicht für ihn.

Wahrscheinlich lag es an vielen Dingen. Vielleicht auch daran, dass er selbst ja irgendwann einmal gerettet worden war.

Ausgetretene Zähne , gebrochene Vorderläufe und das Beinchen, dass man ihm abgenommen hatte, als ihn sein damaliges ''Herrchen" vom Balkon geworfen hatte – aus dem fünften Obergeschoss.

In solchen Situationen dachte ich oft daran, zu welchen Dingen der Mensch fähig ist.

Ferdinand ging es anscheinend den Umständen entsprechend gut. Außer, dass er nicht fraß und er offensichtliche Angst vor diesem anderen Tier und natürlich auch vor der Nähe zu Menschen hatte, war es ihm wohl recht angenehm, in so einem warmen und heimeligen Zimmer zu sein. Das kannte er ja so nicht.

Manchmal war er sogar ein wenig eingenickt.

„Dein Schicksal als Hauptmahlzeit zu einem guten Abend ist zumindest abgewendet – es ist gut, dass Du gekommen bist", sagte ich zu ihm, bevor

ich ihm vorsichtig über den kleinen Kopf streichelte.

Es wurde ein guter Abend – mit dem Abstand von einigen Minuten sahen wir immer wieder nach ihm und mit der Zeit hatte auch er sich wohl daran gewöhnt, dass ihm hier und jetzt absolut Nichts passieren würde.

Im Internet recherchierten wir anhand des kleinen Ringes , dass der kleine Mann wohl aus Süd-Russland gekommen sein musste und man ihn offensichtlich bereits einmal gefangen hatte, um ihm den Ring anzulegen.

„Du bist wirklich verrückt", sagte sie noch, während sie es dem kleinen Mann so gemütlich, wie möglich machte.

Dann hatte sie eine kleine Decke genommen, um ihm ein wenig Wärme zu geben.

Ich denke heute noch sehr oft an ihn. Es war wohl eine seiner besseren Nächte.

Am nächsten Morgen stand ich auf und sah natürlich sofort nach ihm.

Dort lag er dann – gestorben.

Am Bahnhof

Auf den Bahnhöfen unserer Städte war es ja noch niemals so wirklich gemütlich, wie wir alle wissen.

Besonders in den Großstädten und Ballungsräumen ist dieser Eindruck ja oft geprägt von Trostlosigkeit, zurückgelassenem Unrat, Müll und Baufälligkeit.

Das Wetter weiß trotz anhaltender Chemtrails anscheinend immer noch nicht, ob es noch Winter oder schon verregneter Frühling sein soll und so gehe ich langsam und in Gedanken versunken durch diesen trostlosen Nachmittag in Richtung meines Gleises, von dem mich der – natürlich verspätete - Zug wieder nach Hause bringen wird.

Es ist kurz vor 17:00 Uhr und immer mehr hektisch laufende Berufspendler strömen stumm und mit finsteren Blicken in das Bahnhofsgebäude

Die Stimmung ist seltsam. Tausende Menschen, die sich Nichts zu sagen haben, unfreundliche Gesten und geistige Abwesenheit prägen die Situation.

Bankangestellte und Putzfrauen, Sachbearbeiter und Krankenschwestern … sie alle eint die Unzufriedenheit, die sie allesamt nach Außen tragen

... unwissentlich.

Als ich mir an der vermeintlich saubersten Bahn-hofsbäckerei einen Kaffee bestelle, ist selbst die Verkäuferin anscheinend schon dieser öden Stimmung und Tristesse verfallen.

„Lebenslänglich eingesperrt zu sein, wird nicht wesentlich anders sein", denke ich so bei mir, bevor mich die sichtlich unzufriedene Teilzeitangestellte grußlos anblickt, den Kopf ein wenig hebt und offenkundig, fühlbar genervt auf meine Bestellung wartet.

Ich möchte nicht auffällig werden und so setze ich also meinen unfreundlichsten Blick auf, den ich im Moment zur Verfügung habe, sage „Guten Tag" und nach einer schöpferischen Pause ohne Gegenreaktion bestelle ich meinen Kaffee mit den Worten: „Ich hätte gerne einen Kaffee ... bitte."

Wortlos dreht sie sich um und hantiert umständlich an der Kaffeemaschine und dem schrägen Stapel mit den Pappbechern.

„1,60 € - Zucker und Milch steht dahinten", meint sie kurz, als sie mir die schwarze, schwappende Brühe auf den ungepflegten Tresen stellt.

Ich nehme meinen Kaffee, lege ihr das passende

Kleingeld auf die Theke und frage, ohne eine Antwort abzuwarten im Gehen: „Waren Sie in der Schule?"

Sie reagiert nicht, schaut aber dümmlich verständnislos und ich bemerke, dass sie offensichtlich die eben gehörte Frage zunächst kognitiv verarbeiten und in den richtigen Zusammenhang bringen muss.

Ich befürchte, sie wird zu keinem für sie schlüssigen Ergebnis gelangen... ihr Smartphone klingelt... Flatrate wahrscheinlich.

Eine Weihnachtsgeschichte

Meine Großmutter war eine exzentrische Frau.
Besuch empfing sie stets verwegen an einer Zigarettenspitze ziehend auf ihrem Diwan liegend ... ganz wie Greta Garbo.
Auf Familienfeiern erzählte sie gerne Witze, die so anzüglich waren, dass selbst mein Vater errötete.

Ich liebte diese Frau – ich liebte sie über Alles und jedes Jahr freute ich mich auf das Weihnachtsfest, denn wir feierten bei ihr.
Sie schmückte dann das ganze Haus ... und immer mit den buntesten Engeln, Kugeln und Schneemännern. Überall blinkte und glitzerte es ... so sehr, dass einem die Augen wehtaten.
Es waren Weihnachtsfeste, von denen jeder Junge träumt ... und erst die Geschenke.
Meine Großmutter kaufte mir stets das, was meine Eltern sich nicht leisten konnten.
Schaukelpferde, Dreiräder und Lederbälle.

Riesige, wunderschöne Dinge, die kaum alle ins Auto passten.

In jenem Winter aber, in dem ich 10 Jahre alt wurde, änderte sich alles.

„Deiner Großmutter geht es nicht gut", erklärte mein Vater, bevor wir nachmittags zu ihr aufbrachen.

Ich verstand nicht, was er meinte … das Haus war üppig dekoriert, wie immer.

Eines aber war tatsächlich anders.

Unter dem Tannenbaum lagen an diesem Abend keine bunt verpackten Geschenke.

Nur ein kleiner Pappkarton, der ein Schild mit meinem Namen trug.

„Michael" !! Als ich ihn   öffnete, war ich zunächst enttäuscht. Der Karton war leer.

Ich drehte ihn in meinen Händen und bekam furchtbare Angst, ich hätte vielleicht so etwas Schlimmes getan, dass ich kein Geschenk verdiente.

Da trat meine Großmutter zu mir und sagte: „Das, was dieser Karton enthält, kannst Du weder sehen, noch berühren oder schmecken. Aber es wird Dich schützen und Dich stark machen und Dir Geborgenheit geben, wann immer Du sie brauchst.

Es wird alle Zeiten überdauern und von all den Geschenken, die ich Dir je gemacht habe, hoffe ich, dass Du Dich eines Tages einzig an Dieses erinnerst."

Ich blickte auf und fragte: „Was ist es denn?"

Und sie sagte: „Liebe ... all die Liebe die ich für Dich empfinde."

Acht Tage später starb meine Großmutter – und sie behielt Recht. Von den vielen Geschenken, die sie mir in all den Jahren machte, ist nur Eines geblieben.

Ein vergilbter Karton mit ausgefransten Kanten, der Nichts enthält und zugleich doch Alles... Liebe... das schönste Geschenk der Welt.

Weihnachten draußen

Für Bier schmeißen sie zusammen – und Geld ist natürlich immer ein Problem.

Am Ende des Monats sind sie meistens vollkommen pleite – am Anfang meistens auch.

Kalt ist es jetzt auf den Betonstufen im Park, es ist dunkel und „die Jungs" sind irgendwie froh, wieder gesund nach Hause gekommen zu sein.

Siggi hat sich auf dem Heimweg in die Hose gemacht – eine Ersatzhose hat er nicht und so muss er sich eben beeilen, schnell in den Schlafsack zu kommen.

„Die Jungs" - das sind die Nachbarn von Nicole in diesem kleinen Zeltdorf mitten im Ruhrgebiet.

Sie fragt: „Ist noch Kaffee da?", als sie gegen halb zehn morgens verschlafen vor dem „Pavillon" steht – dem gemeinschaftlichen Unterstand.

Natürlich ist noch etwas da und so reicht ihr Günther auch noch ein belegtes Brot mit Käse, als sie endlich im Zelt sitzt.

Hier ist es genauso kalt, wie draußen ... aber windgeschützt... ist doch auch schon mal was.

Einen Kühlschrank haben sie natürlich auch nicht

... also bewahren sie die Lebensmittel in Tüten auf, die sie nachts oben unter das Pavillon - Dach hängen.

„Wegen der Ratten", meint Günther. Nicole sagt, sie wäre damals aus Liebe zu ihrem Mann auf die Straße gegangen. Dann hatte sich Alles wie von selbst weiter entwickelt.
Heute lebt sie wieder allein – mit ihrem Hund. Ihr Mann sei im letzten Oktober erstochen worden.
„Ich glaube, ich zieh den Tod an", sagt sie.

Siggi ist wieder fit und hat schon Bier gefrühstückt.
Jetzt gibt es erst einmal was für den Magen... „Boonekamp".
Es hört sich an, wie ein Kriegsruf, als die vier Männer die Flaschen erheben und kurz darauf anstoßen – bevor sie „den Schluck" in sich hinein gießen.

Sind sie „Penner" ?
Das könne man ruhig so sagen, meint Günther. Es käme eben immer auf den Ton an ... und darauf, wie es gemeint wäre. Aber heute wäre es ihm eigentlich vollkommen egal, was die Leute über ihn denken würden, sagt er.

Dann wird erst einmal etwas Ordnung geschaffen im Lager. Die leeren Flaschen stören das Ordnungsamt und außerdem bringen sie ja auch Pfand.

„Heinz, wolltest Du gleich los, Bier holen?", fragt die noch aufräumende Nicole.

„Jau ... kann ich machen", meint der.

Nicole hat noch ein paar Barmittel. Sie bekommt ihr Geld in wöchentlichen Raten ausgezahlt.

„Martin und ich sind die Einzigen, die ihre Kohle noch wöchentlich ausgezahlt bekommen", meint sie.

„Da ziehen wir die Anderen also den ganzen Monat mit durch. Das ist echt Scheiße."

Auch sonst hat sie sich die Sprache der Straße gut angeeignet. Es ginge eben oft auch nicht anders, bevor sie ihrem Hund befiehlt: „ Leg' Dich hin, Du Arschmade. Sonst ist Ende mit Leckerli für heute."

Aber es wäre durchaus gut, einen Hund dabei zu haben. Gerade als Frau.

Am Nachmittag steht Siggi vor „Karstadt" und versucht „Fifty- Fifty", die Obdachlosenzeitung, an den Mann zu bringen.

Viel bleibt natürlich nicht hängen. 75 Cent pro Stück – aber am Abend reicht es zumindest für ein paar „Kleine" und eine billige Flasche Korn.

Während die Anderen noch sammeln, widmet Siggi sich bereits der Flasche,

Am nächsten Tag soll er wieder die Zeitungen für den Verkauf holen.

Es hapert bereits daran, dass er noch nicht einmal in der Lage ist, die Schuhe zu binden.

Seine Feinmotorik ist in den Jahren irgendwie auf der Strecke geblieben.

Günther hilft ihm und meint, als Siggi endlich loszieht: „Na ja … wenn er erst einmal hoch ist, geht's."

Günther hat von seinem letzten Geld einen Adventskranz gekauft und platziert ihn stolz im Pavillon. Das wollte er eigentlich schon letztes Jahr.

„Damit es etwas weihnachtlich ist", sagt er.

Weihnachten auf dem Dorf

In der Vorweihnachtszeit war es dann aber zumeist etwas friedlicher geworden und spätestens am Nikolaustag waren die Häuser und Vorgärten nahezu allesamt, von Zeitschaltuhren gesteuert, in ein strahlendes und heimeliges Licht getaucht worden.

„Oh Du friedliche Weihnachtszeit.“

Es war immer ein ganz besonderer Zeitraum – oft hatte der kleine Jörg in diesen Tagen bereits auf irgendwelchen Betriebsfeierlichkeiten das erste Weihnachtsgebäck gestohlen und zur Feier dieses ganz besonderen Tages hatte er … glaube ich … sogar einmal eigenständig einen Christstollen aus dem Sonderangebot gekauft und ihn sogar ausnahmsweise nicht heimlich im Keller aufgegessen.

Als dann der vom Schützenverein entsendete Nikolaus zu den Kindern gekommen war, war er dennoch zumeist ein wenig verlegen gewesen und hätte wohl auf der Stelle auch noch ein Gedicht aufgesagt, wenn ihn der Weihnachtsmann nur böse genug angeschaut hätte.

Erst viel später hatte mir dann ein Bekannter dann hinterlistig grinsend ein paar dieser ganz besonderen, besonders flachen Schmuddelbildchen angeboten, die sein Sportkamerad von seiner kleinen Friseuse geschossen hatte.

Ich hatte dankend lächelnd abgelehnt und ihm empfohlen, doch einfach ein paar Plakate drucken und sie mit dem ebenfalls schon recht abgegriffenen Werbeslogan „ Unser Dorf soll schöner werden", bedrucken zu lassen.

Zander feiert

Auf dem Rückweg in meine Welt denke ich wieder an Frank Zander. Sein neues Lied heißt: "Nichts ist mehr so, wie es war."
Darin singt er: „...und Niemand kennt mehr meinen Namen – im „Cafe Wichtig" meiner Stadt – ich pass' nicht mehr rein in deren Rahmen – weil man mich verloren hat ..."
Ich schreibe ihn an. Natürlich wird er jetzt, so kurz vor Weihnachten, nicht persönlich für mich Zeit haben.
Die jährlich stattfindenden, letzten Vorbereitungen zu seinem jährlich stattfindenden Obdachlosenfest im „Hotel Estrel" in Berlin laufen ja auf vollen Touren.
Es wird ebenso wenig Sinn machen, dass wir uns irgendwann einmal gesehen hatten, als ich noch als Musiker unterwegs gewesen war.
Ich schreibe trotzdem und wünsche ihm ihm seiner Familie und wünsche ihm zumindest ein frohes Weihnachtsfest und ein möglichst gutes Gelingen seines Festes.

Aber bereits kurz nachdem ich meine Mail abgesendet habe, erhalte ich schon eine Antwort von

Marcus, seinem Sohn. Er ist der Geschäftsführer der „Zett-Records", dem eigenen Musiklabel Zanders aus Berlin und in großen Teilen auch verantwortlich für die organisatorischen Dinge des Obdachlosenfestes.

Neben dem Dank für meine Wünsche sendet er mir zu meiner Information auch eine Liste der Sachspenden, die Firmen und Privatpersonen für dieses Event in diesem Jahr bereitgestellt haben.
Schon bei meinem ersten Blick auf diese Liste bin ich fast erschlagen von der Hilfsbereitschaft dieser Menschen.

Um einmal kurz zu verdeutlichen, in welcher Größenordnung sich der betriebene Aufwand mittlerweile befindet, werde ich nachfolgend einige (wenige) Zahlen nennen, die ich aus der „Sachspendenliste 2015" Frank Zanders entnommen habe:
2.800 Gänsebraten, 3.400 Flaschen und 4.480 Becher Aktivia, 6.000 Knödel, 500 Kg Rotkohl, 7.600 Schokoladenweihnachtsmänner, 1.000 Äpfel, 1.000 Mandarinen, 1.800 Handwärmer, 2.400 Stck. Kuchen, 3.000 Packungen Lebkuchen, je 1.000 Liter Apfelsaft, Orangensaft, Wasser,

15.500 Paar Einlegesohlen, 2.200 Wurstpakete, 60.000 Schokoartikel usw.

Einige Dienstleistungsunternehmen stellen z.B. Busse, LKW und Personal kostenfrei zur Verfügung. Auch für die medizinische Versorgung vor Ort ist gesorgt.

Hinzu kommen die nicht bezahlbaren unentgeltlichen Leistungen der vielen, freiwilligen Helfer und der Prominenten, die sich an diesem Abend als Bedienungspersonal zur Verfügung stellen und ein wenig Zuwendung und Hilfe geben.

Im Jahre 2015 haben ihre Hilfe u.a. fest zugesagt:

Britta Steffen, Claudia Jung, Nicole, Arthur Abraham, Wolfgang Lippert, Oliver Frank, Heinz Buschkowsky, Gregor Gysi, Thomas Koschwitz, Reiner Schöne und viele Andere.

Wie begann diese wunderbare Geschichte?

Im Jahre 1995 veranstaltet Frank Zander zum ersten Male ein Weihnachtsessen.

Eigentlich als Präsentation der neuen CD gedacht, lässt sich Zander aber von seinem eigenen Gefühl und dem amerikanischen Musiker Bruce Springsteen inspirieren, der anlässlich seiner ei-

genen Präsentation einmal nicht die üblichen Prominenten, sondern die Ärmsten der Armen eingeladen hatte.

Bei Springsteen floppt das Event – bei Zander wird es ein großer Erfolg und schnell ist klar – Zander will und wird weitermachen.

Was folgt, ist die bekannte Geschichte.
Im Jahre 2015 war es das 21. Mal sein, dass Frank Zander und seine Familie diese wunderbare Veranstaltung organisierten und zum 21. Male hatten sie wieder einmal die Herzen der Ärmsten der Armen schneller schlagen lassen.
„Natürlich sind wir alle immer sehr gerührt und auch berührt, wenn die Ärmsten der Armen den Saal betreten.", sagt er. „Die Leute kommen ja nicht als ‚arm' verkleidet. Ich freue mich auf die Begegnungen mit den Menschen, denn um sie geht es an diesem Abend. Viele vergessen vor lauter Kaufrausch, dass Weihnachten ein christliches Fest ist. Es geht weniger um Materielles, als um das familiäre Beisammensein."
Aber auch nach Weihnachten hört Zanders Engagement nicht auf.
So hatte er so „ganz nebenbei" auch ein neues Arztmobil für die Caritas finanziert, mit dem man

nun ganzjährig durch Berlin fährt, um die schlimmste Not zu lindern.

„Für die Krankenstation am Bahnhof-Zoo habe ich zusammen mit dem RBB Fernsehen einen Aufruf
zur Renovierung gestartet. Der Berliner Stadtmission konnte ich einen neuen Einsatzwagen vermitteln und erst kürzlich konnten wir ein neues Schild für die zentrale Beratungsstelle in der Levetzowstraße bezahlen", berichtet er beiläufig.

Ja – Zander feiert offensichtlich anders - zumindest anders, als die Anderen.

Der alte Mann

Manchmal ist mir eigentlich gar nicht mehr so wirklich klar, warum ich überhaupt noch Weihnachten feiere.
Vielleicht ist es der Gedanke an die vergangenen Zeiten oder die Erinnerungen an die schönen Momente, die es natürlich auch für mich gab.

Ein Glaube – so, wie man ihn vielleicht noch kennt, ist es, zumindest in dieser Form, wohl nicht mehr.

Dafür ist in meinem Leben einfach zu viel passiert – und um an ein kleines Kind zu glauben, welches genau am Weihnachtsabend zur Welt gekommen war und an diese drei Handelsreisenden, die zufälligerweise in ihren eigenen Ländern auch noch Könige waren, bin ich wohl schon zu aufgeklärt.

Wenn ich in dieser Zeit so durch die Straßen gehe, fällt mir das immer wieder auf: Die Meisten werden das ebenfalls nicht wissen – zumindest benehmen sie sich entsprechend.

Da wird gerempelt, was das Zeug hält und diese gnadenlose Unfreundlichkeit lässt sich nahezu überall spüren – eigentlich also, wie an einem jeden normalen Tag.

Lediglich am Weihnachtstag - da ist die Stimmung plötzlich ganz anders.

Woran das liegt – ich weiß es nicht. Die Tatsache einer vollkommen anderen Stimmung ist jedoch unübersehbar.

Als ich mir an diesem Tag noch Zigaretten an der „Tanke" hole, sagt sogar die sonst so unfreundliche Bedienung plötzlich „Guten Tag" und die abwesenden „Penner", die es mittlerweile ja in einer stattlichen Anzahl gibt, schauen heute irgendwie noch trauriger aus. Wir werden heute Abend wieder zum Bahnhof gehen und ihnen eine kleine Freude bereiten. Das machen wir eigentlich jedes Jahr.

Irgendwie ist es insgesamt anders, friedlicher und selbst die es immer so eilig habenden Autofahrer winken mich herüber.

Ute hat nach langer Zeit wieder angefangen, das Haus weihnachtlich zu dekorieren und ich muss sagen, es ist eine gute Idee.

Sie hatte es ja über einige Jahre nicht mehr getan und dass sie jetzt wieder damit angefangen hat, finde ich äußerst gut.

Es ist immer sehr gemütlich bei ihr und der Baum, den sie mittlerweile wieder kauft, steht geschmückt und kerzengerade auf ihrer Terrasse.

Dann habe ich auch Weihnachten – es ist einfach wunderbar bei ihr.

Das liegt natürlich nicht nur an der Dekoration – sie ist insgesamt wohl auch als Frau ein wenig „anders", als die Anderen. Traumhaft schön und immer herrlich duftend.

Ich bin wirklich sehr froh, sie zu haben und die Tatsache, dass sie gerade mich genommen hat, macht mich sehr stolz.

Nur noch ein paar Stunden – dann werde ich sie endlich wiedersehen und sie in meine Arme schließen können.

Als ich gerade wieder aus der „Tanke" komme, fällt er mir auf – der alte Mann. Alleine läuft er da – schwer bepackt mit einem … Christbaum.

„Ziemlich spät", denke ich noch so bei mir als mir einfällt, dass während meiner Kindheit der Baum auch immer erst am Abend vor dem eigentlichen Weihnachtstag aufgestellt und geschmückt worden war.

Es war immer ein absolutes Erlebnis für mich – die Harmonie meiner Eltern und diese besondere Stimmung.

„Hey, Sie da", rufe ich ihm in seinen Rücken. „Haben Sie Niemanden, der Ihnen hilft? Warten Sie - ich werde Ihnen mit dem Tragen helfen."

„Tja", antwortet er mir und dreht sich ein wenig in meine Richtung.

„Ich bin ja alleine und die Kinder haben eben keine Zeit", sagt er.

„Ja, ja … das ist doch immer dasselbe", sage ich und bin schon bei ihm, um ihm Tragen zu helfen.

„Wo müssen Sie denn hin?", frage ich und helfe ihm, das schwere und unhandliche Ding zu bewältigen.

„Nicht so weit von hier … seit dem meine Frau gestorben ist, feiere ich Weihnachten immer alleine. Der Baum gehört eben immer dazu. Das haben wir eigentlich immer gemacht – schon alleine wegen der Kinder."

Dann erzählt er mir von diesen anderen Weihnachtsfesten und davon, wie wunderbar sie doch immer gewesen seien. „Damals habe ich das gar nicht so empfunden. Das merkt man eben erst dann, wenn sich die Zeiten geändert haben."

Da hat er durchaus Recht. Die guten und wirklich schönen Zeiten bemerken wir zumeist gar nicht. Wir haben eben keine Zeit mehr für die guten Dinge im Leben.

Als wir in seiner Wohnung angekommen sind, bedankt er sich herzlich und bietet mir etwas zu Trinken an.

Dankend nehme ich einen Kaffee und frage ihn, ob ich den Baum noch aufstellen solle.

„Das wäre nicht schlecht", antwortet er und legt mir die Utensilien dazu auf den Tisch.

„Ich werde eben langsam alt", sagt er.

„Na … so alt, wie ich mich manchmal fühle, können Sie gar nicht werden", sage ich.

Ich erzähle ihm von meinem „Vorleben" und von den wirklich harten Zeiten, die ich so durchlebt habe.

„Sie haben Alles in Allem gesehen immer noch Glück", sagt er mir. „Auch wenn es manchmal schwer ist, haben Sie immer noch die Frau Ihres Lebens an Ihrer Seite."

Das stimmt – wir prosten uns zu und eigentlich bin ich froh, dem alten Mann geholfen zu haben.

„Schmücken können Sie ihn alleine?", frage ich und wir beide lachen herzlich.

Wir erzählen uns gegenseitig von Früher und davon, wie sehr sich die Zeiten geändert haben.

„Manchmal wünsche ich mir diese guten alten Zeiten wieder herbei", sagt er und ich weiß genau, was er damit meint.

„Die Zeiten ändern sich eben und – auch wenn wir es uns noch so wünschen würden – sie kommen zumindest in dieser Form wohl niemals wieder."

Nach einer viel zu langen Zeit verabschiede ich mich und wünsche ihm noch einen möglichst angenehmen Abend.

„Angenehm wäre er dann, wenn sie noch hier wäre", sagt er und schaut dabei wieder so traurig.

Er ist nicht der Einzige, der diesen Abend alleine verbringen wird. Tausenden von Menschen geht es wie ihm ... alleine gelassen und im eigenen Schmerz ertrinkend.

Es ist wahr – Weihnachten ist nicht mehr das, was es in früheren Zeiten für uns bedeutete.

Weihnachtsbaum schlagen

Ich kann mich noch sehr gut daran erinnern. Es war das allererste Mal, dass ich ein Gläschen zu viel getrunken hatte. Noch dazu am Heiligen Abend und auch noch minderjährig.

Angefangen hatte es ja eigentlich ganz harmlos.

Wie jedes Jahr waren es die Nachbarn, die einen Christbaum brauchten und dieses Ding nun endlich selbst schlagen wollten.

Das machten sie jedes Jahr. Mein Vater hatte bereits längst vorher bei der zuständigen Försterei für einen sogenannten „Raff – und Leseschein" gesorgt.

Damit konnte man das aus dem Wald holen, was man wirklich brauchte und außerdem waren wir nicht auf diese Öffnungszeiten der professionellen Tannenbaumverkäufer angewiesen.

Dazu kam, dass wir unseren eigenen Baum direkt aus dem Wald holen und ihn natürlich auch selber schlagen mussten.

Das hatte schon etwas ganz Besonderes.

So gingen wir also jedes Jahr in den Wald und suchten uns selber die besten Bäume aus.

Bisher waren wir damit immer ganz gut gefahren und die Christbäume, die wir schlugen, hatten schon etwas ganz Besonderes für uns.

Die Nachbarn waren immer recht stolz auf die Ausbeute und auch ich war oft beseelt und wahrlich angetan von „unserem" Baum.
Das sollte in diesem Jahr natürlich nicht anders sein.

Wenn ich so recht überlege, war es immer mein Vater, der für uns solche „Extrawürstchen" briet.
Das machte er eigentlich in fast jedem Lebensbereich.
Ohne ihn – und das meine ich wirklich zutiefst ehrlich – wären viele Dinge einfach nicht so schön und unvergesslich geworden.
Er konnte sich solche Dinge eben leisten.
Als kleiner Arbeiter hatte er angefangen und sich durch unermüdlichen Fleiß und Ehrlichkeit nach und nach den Platz in der Gesellschaft verschafft, der ihm zweifelsfrei zustand.
Er war ein guter Mann – der Beste, den ich kannte.
An diesem Tage meldeten sich die Nachbarn natürlich wieder rechtzeitig und vollgepackt mit Äxten, Sägen, Hämmer und Seilen warteten sie also auf uns.
Die Frauen hatten, wie jedes Jahr, ein paar belegte Brote dabei und natürlich auch die eine oder andere Leckerei.

An diesem Tage aber war etwas ganz anders.

Mein Vater stellte sich vor „seine Mannschaft" und eröffnete ihnen: „Was haltet Ihr davon, wenn wir uns zunächst einmal bei uns in der Kellerbar ein wenig Mut antrinken? Es wird ein langer Tag und eine schwere Arbeit. Ich denke, wir sollten das machen."

Natürlich war er bei Allen nur auf positive Reaktionen gestoßen und so zogen wir dann fürs Erste einmal in die Bar.

Es war ja immer vorgesorgt. Bier und Limo brachte einmal im der Woche der Getränkelieferant und die „Kleinigkeiten", die brachte mein Vater schon immer selbst aus dem Großhandel mit.

So saßen wir also dort. Ich glaube, es war so gut wie Nichts an diesem Tage nicht probiert worden und nach einer guten halben Stunde waren sie alle, so gut wie „voll".

Mit entsprechender Stimmung und der nötigen „Manpower" waren wir dann irgendwann einmal losgezogen.

Als wir im Wald angekommen waren, öffnete eine Nachbarin die mitgebrachte Plastiktüte und hervor kam eine fast volle Flasche von diesem „Kusselkopfwasser" …

Nach dem ersten "Hallo" und dem vollkommen überflüssigen „Das wäre doch nicht nötig gewesen" gingen wir also an dieses Fläschchen.

Natürlich hatte sie diese kleinen „Pinnekes" mitgebracht .. daraus tranken wir also das elende Gesöff.

Ehe ich mich versehen konnte, war dieses Ding einfach leer.

„Du musst jetzt ein wenig aufpassen", dachte ich noch. Es war noch kein Baum gefällt und der Erste noch nicht einmal ausgesucht ... da waren wir bereits alle recht lustig geworden.

„Hier ... den hier nehmen wir schon mal", rief mein Vater noch und baute sich vor diesem krummen Etwas auf.

All mein Zetern und Meckern brachte nicht die erhoffte Wirkung und so schlugen wir also unseren ersten Baum an diesem Tage.

„Darauf sollten wir zunächst einmal Einen Trinken", sagte er noch und meine Mutter holte eine zweite Flasche hervor.

Ich weiß bis zum heutigen Tage nicht, woher die Damen die all die Getränke nahmen, die sie uns immer wieder reichten und so wurde es ein äußerst lustiger Vormittag.

Die „Ausbeute" ... vier äußerst krumme Bäume ...
war von uns stolz zum LKW transportiert worden
und auf dem freien Markt hätte ich wohl keinen
Fünfer für diese elenden Krummeichen ausgege-
ben.

Wichtig aber war es ja, dass alle Beteiligten ihren
Spaß hatten und dass man mit den Bäumen eben
zufrieden war. „Selbst geschlagen" ... das war es,
was man zumindest mit äußerst ruhigem Gewis-
sen sagen konnte.

Nach der „getanen Arbeit" ging es für uns natürlich wieder in die Kellerbar.

Schon recht lustig gingen sie also dorthin und
machten sich sogleich an die Vorräte.

Irgendwann war mir dann recht unwohl geworden und so nutzte ich einen Augenblick, um auf
dem Balkon meines Zimmers ein wenig Luft zu
holen und natürlich endlich eine Zigarette zu rauchen.

Ich war ja erst 16 und mein Vater hätte einen
höllischen Aufstand gemacht, wenn er mich beim
Rauchen erwischt hätte.

Er selber war ja ein eingefleischter Nichtraucher
und ich hätte wohl eine Welt für ihn zerstört,
wenn ich in seinem Beisein geraucht hätte.

Ich hätte niemals gefragt, ob ich denn rauchen dürfte ... obwohl es ja vom Gesetzgeber bereits erlaubt war.

Es hatte wohl etwas mit Respekt zu tun.

So stand ich also dort oben und inhalierte den schweren Rauch der Zigarette.

Aus dem Keller hörte ich das laute Lachen der Männer und von Zeit zu Zeit vernahm ich die tosende Stimme meines Vaters.

Meine ganze Welt drehte sich um sich selbst und das kleine Gartenhaus dort unten wollte einfach nicht aufhören, sich zu bewegen.

Grinsend nahm ich den letzten Zug von der Zigarette und begab mich vorsichtig zurück in den Keller – es waren ja zwei Treppen zu bewältigen.

Es war ein tolles Weihnachtsfest und manchmal denke ich heute noch an diese Zeit ... es war die wohl Beste meines Lebens.

Der Schlitten

Jedes Jahr zu Beginn der Adventszeit ist es ja das gleiche Ritual. Da werden die Kisten mit der Weihnachtsdekoration vom Dachboden oder aus dem Keller geholt und die Bücher mit den Weihnachtsgeschichten in den Geschäften laufen den Anderen den Rang ab.

Die Zeit vor und natürlich auch während des Weihnachtsfestes ist eben immer eine besondere Zeit – auch vom Umsatz her.

Viele dieser Einzelhändler und Warenhausketten legen eben nur noch größeren Wert auf den Gewinn und vergessen dabei ganz, warum wir eigentlich Weihnachten feiern.

Den eigentlichen Sinn des ursprünglichen Weihnachtfestes haben wir alle offensichtlich nicht mehr kognitiv greifbar.

Aber es bleibt dennoch dabei: Weihnachten ist ein Fest der Liebe und der Freundschaft.

Während meines zwölften Lebensjahres wird es auch gewesen sein, dass ich des Öfteren einmal allein zu Hause bleiben musste.

Meine Eltern waren zum Einkaufen im Großhandel und so blieb mir nichts anderes, als auf sie zu warten und mir die wildesten Gedanken zum Fest der Feste zu machen.

Was würde ich bekommen? Waren die Wünsche überhaupt erfüllbar für meine Eltern?

An den Weihnachtsmann oder an das Christkind glaubte ich ja schon lange nicht mehr.

Ich wusste gar nicht so recht, wie ich diesen Glauben verloren hatte und vielleicht war es ja auch mein Beobachten des Vaters, wie er am Ostermorgen die Eier und die Geschenke im Garten versteckt hatte.

Ich hatte es ihm niemals gesagt, was ich da gesehen hatte – er tat mir einfach zu leid.

Vielleicht wären seine Weihnachtsfeste dann auch irgendwie anders geworden und dieses Risiko wollte ich keinesfalls eingehen.

An einem dieser schon so früh dunkel werdenden Abende war ich wieder allein zuhause.

Manchmal war mir auch nicht ganz wohl in meiner Haut ... alleine in diesem großen Haus, wo es nahezu überall knackte und knirschte.

Ich half mir oft damit, dass ich den Fernseher einfach lauter stellte und nahezu überall das Licht andrehte ... wenn ich mich überhaupt traute, aus dem Sessel aufzustehen.

Dann rechnete ich aus, wie viel Tage es noch bis Weihnachten waren und der Zeitraum von drei Wochen war nahezu unübersehbar für mich.

So kurz vor dem Fest würden sicher keine Einbrecher unterwegs sein … oder vielleicht doch?

Was würde wohl in der Zeitung stehen, wenn sie darüber berichteten, wie man ein Kind gequält hatte und folterte, bevor man es umbrachte?

Mit diesen Gedanken verbrachte ich also meine Zeit und dann war ich überaus erfreut, wenn ich das Auto der Eltern auf dem Garagenhof hörte.

Natürlich ließ ich mir niemals etwas anmerken und auf die Frage, ob Alles okay sei, antwortete ich zumeist so locker, wie nur irgend möglich: „Na klar … Alles im Griff."

Dann half ich ihnen, die Einkäufe aus dem Auto zu holen. Natürlich schaute ich immer wieder darauf, ob sie vielleicht schon Etwas mitgebracht hatten … entdeckt hatte ich das allerdings niemals.

Sie hatten das offensichtlich immer sehr schlau angefangen.

An diesem Abend jedoch war irgendetwas ganz anders. Ich weiß bis heute nicht, was es war... aber die Stimmung war einfach eine andere.

Es war ja schon recht früh dunkel und auf dem Wege zum Auto hatte ich mich mehrere Male umgedreht.

Der Himmel war so seltsam und die vereinzelten Sterne funkelten heute irgendwie ganz anders.

„Das Christkind und die Engel backen", hatte meine Mutter oft gesagt, wenn ich sie auf den Himmel und das seltsame Licht dort oben angesprochen hatte.

Natürlich hatten sie nicht gebacken, aber die Erklärung ist mir bis zum heutigen Tage einfach im Gedächtnis geblieben.

Sie war ja auch sehr passend.

Bis zum heutigen Tage läuft mir immer ein wohlig schöner Schauer den Rücken herunter, wenn ich dieses Licht sehe.

Manchmal glaube ich, dass die Menschen diesen Blick für die schönen Dinge des Lebens einfach verloren haben.

Die Erde bewegt sich in einer rasenden Geschwindigkeit und wir sind nicht nur bloße Zuschauer dieses gigantischen Spektakels. Wir sind aktive Teilnehmer dieses großen Etwas ...das geht den meisten Menschen einfach verloren.

Als ich gerade wieder am Fahrzeug war und mir die Arme vollpackte, sah ich dieses seltsame Ding.

Es sah tatsächlich aus, wie ein überdimensionierter Schlitten.

Natürlich wusste ich auch damals schon, dass es schon rein physikalisch gar nicht möglich war, ei-

nen von Rentieren gezogenen Schlitten einfach so durch die Luft zu bewegen ... schon gar nicht von einem Nikolaus.

Der kam ja aus der Türkei und war ein Mann Gottes.

Das mit dem Schlitten und das Aussehen des Nikolaus war doch einfach nur eine Erfindung von Coca-Cola.

Trotz Allem sah ich genau das.

„Da kann man mal sehen, wie sehr man sich von der Werbung beeinflussen lässt", dachte ich noch.

Es drehte ein paar Runden und verschwand dann mit einer rasenden Geschwindigkeit hinter dem Mond.

Natürlich hatte ich mir sofort vorgenommen, niemandem von meiner Beobachtung zu erzählen und ging also vollgepackt in die Küche, wo wir die Einkäufe immer lagerten.

Mein Vater bemerkte sofort, dass irgend etwas nicht mit mir stimmte und fragte also direkt danach.

Äußerst vorsichtig und sehr zurückhaltend erzählte ich ihm von meiner Beobachtung,

„Hmm", meinte er. „Vielleicht gibt es tatsächlich so ein Wesen, das uns von Zeit zu Zeit daran erin-

nert, wie klein wir wirklich sind. In anderen Kulturen gibt es den Nikolaus gar nicht. Trotzdem gibt es fast überall ein ähnliches Ding. Die Aufgaben, die es zu bewältigen hat, sind ja nahezu gleich. Mach Dir keine großartigen Gedanken darüber. Weihnachten ist eben ein ganz besonderes Fest."

Er hatte ... wie eigentlich immer ... absolut Recht.

Noch heute denke ich oft an diesen Abend ... wenn das Licht wieder so seltsam scheint und es an jeder Stelle des Himmels wieder auftauchen könnte.

Dann denke ich oft an ihn und ich werde wohl niemals vergessen, was er mir damals gesagt hatte.

Für den, der wirklich an dieses Wunder glaubt, existiert er eben – der Nikolaus.

Das ist heute so ... und das wird in hunderten von Jahren noch genau so sein. Vollkommen unabhängig davon, ob es dann die Firma Coca-Cola noch gibt oder nicht.

Der kleine Weihnachtsbaum

Weihnachten war ja für uns immer ein besonderes Fest.

Abgesehen davon, dass man meistens die Dinge bekam, die man sich gewünscht hatte, war es an sich ja immer etwas ganz Besonderes.

Das gute Essen bekamen wir an anderen Feiertagen ja auch, aber trotzdem war es zumeist eine ganz besondere Stimmung, die mich zu dieser Zeit immer erfasste.

Besonders diese ruhigere Zeit vor den Feiertagen hatte irgendwie schon etwas ganz Besonderes.

Die Menschen waren irgendwie anders und selbst meine nähere Verwandtschaft war wesentlich friedlicher.

Wer weiß warum ... vielleicht hatten sie ja allesamt Angst vor dem Christkind...Gründe genug hätten sie sicherlich gehabt.

Eine Tradition vor dem Fest war das Schmücken des Weihnachtsbaumes. Dies wurde immer am Vorabend des 24. Dezember gemacht und fand eigentlich immer nur mit meinen Eltern und mir statt.

Mich hatte das damals gar nicht so sehr gestört ... im Gegenteil ... es war ja so oder so viel besser, *wenn man die Dinge dort aufhängen konnte, wo man wollte.*

Nur das Lametta … das wurde von meinem Vater immer persönlich angebracht.

Er hatte seine eigene, besondere Art, es aufzuhängen und da ließ er sich auf keine Diskussionen ein.

Es musste eben in einer besonderen Weise angebracht werden und dabei sprach er oft von seinem Vater und davon, wie sie gemeinsam diesen Abend zugebracht hatten.

Man merkte einfach, wie sehr er an dieser Zeit hing und wie weh es ihm noch immer tat, dass seine Eltern eben nicht mehr da waren.

Ich konnte das ja zu dieser Zeit noch nicht so recht einordnen… trotzdem spürte ich natürlich seine Stimmung und in diesen Momenten war ich stets besonders froh, dass ich diese Eltern eben noch hatte.

Das ist einige Jahre her und heute weiß ich, wie es ist, die eigenen Eltern zu verlieren.

Ich glaube, ich hatte dieses Prozedere bis zum 19. Lebensjahr gemacht und ich hätte es noch länger getan, wenn ich nicht irgendwann einmal ausgezogen wäre.

Ich war ja der Letzte und ich sehe heute noch meine Mutter weinend an der Straße stehen, als ich lachend und grüßend mit meinem Bett losgefahren war.

Viele Dinge sieht man eben nicht, wenn man jung und noch recht unerfahren ist.
Die Nummer mit dem Auszug war natürlich ein Griff ins Kloo – im Nachhinein betrachtet – aber ich hatte diese Erfahrung eben gemacht und es war in vielen Bereichen für mich äußerst förderlich gewesen.
Vielleicht war ich auch mit einem Male erwachsen geworden.

An diesem einen Abend, an dem wir wieder den Baum schmückten, fing mein Vater an zu erzählen - von den Weihachtsfeiern, die er gemeinsam mit seiner Familie zugebracht hatte und auch von diesem viel zu kleinen Tannenbaum, der selber natürlich sehr gerne viel größer gewesen wäre.

Das lag natürlich daran,dass er nur am Rande einer Waldlichtung aufgewachsen war.
So musste er also immer wieder auf die viel größeren Bäume im Wald schauen.

Er versuchte natürlich immer wieder, sich zu recken und zu strecken, um wenigstens ein paar Sonnenstrahlen einzufangen und somit auch schneller zu wachsen.

Aber die anderen Bäume neben ihm nahmen ihm eben das meiste Licht und fingen darüber hinaus auch noch die Regentropfen ab.

So würde das wohl nichts mit seinem größten Traum.

Er wollte doch irgendwann einmal, geschmückt als als großer, stattlicher Tannenbaum in einer warmen Stube stehen.

Die Kinder sollten große Augen machen und die Großen sollten voller Bewunderung ihren Verwandten erzählen, dass sie noch niemals einen solch schönen Weihnachtsbaum gesehen hätten – und voll bepackt mit diesen so schön und aufwendig verpackten Geschenken wollte er sein. Erst das mache einen Weihnachtsbaum zu einem wirklichen Weihnachtsbaum.

Aus diesem Traum würde wohl nichts – so klein und mickrig, wie er war.

An diesen Gedanken gewöhnte sich der kleine Tannenbaum und während seines einsamen Daseins sah er von Jahr zu Jahr, wie die Menschen die größten und schönsten Bäume schlugen … al-

lesamt waren sie als Weihnachtsbäume vorgese-
hen.

Doch eines Tages passierte das fast schon Un-
mögliche.

Er wurde auf ein sehr lautes Geräusch aufmerk-
sam.

Der ganze Wald war ja still und das Feld war von
Schnee bedeckt.

Dann hörte er noch das Geräusch eines Treckers
und viele, fröhliche Kinderstimmen.

„Papa", rief eine von ihnen. „Sieh mal hier ... das
ist der schönste Baum, den ich jemals gesehen
habe.

Plötzlich liefen alle Kinder um ihn herum und
stimmten dem kleinen Mädchen zu.

„Lass und genau den bitte mitnehmen. Das wird
der beste Weihnachtsbaum, den wir überhaupt
irgendwann einmal geschmückt haben."

Dann stand schon der Vater bei ihm und sagte:
„Der ist wirklich sehr schön und gerade gewach-
sen. Okay... wenn Ihr wollt, dann nehmen wir ihn
und er soll also dann unser Festbaum werden."

Der kleine Tannenbaum wusste gar nicht so
recht, wie ihm geschah. Man meinte doch nicht
wirklich ihn?

Schon waren sie mit Sägen und Beilen dabei, ihn aus seinem Traum zu erwecken.

Die anderen Bäume horchten plötzlich auf ... Besonders die große, alte Fichte und die Eiche schauten ganz erfurchtsvoll und wohl auch etwas neidisch auf den kleinen Tannenbaum.

Jetzt plötzlich wurde der kleine Tannenbaum bewundert und war auserkoren worden, zum Weihnachtsfest die Stube der Familie zu krönen.

Geschmückt, hell erleuchtet und noch dazu zur Freude Aller mitten im Wohnzimmer aufgestellt.

So glücklich hatte sich der kleine Weihnachtsbaum noch niemals gefühlt.

In den vielen Jahren, die er dort so alleine stand, hatte er Eines für sein Leben gelernt: Dabei kam es gar nicht darauf an, welche Größe man hatte.

Es kommt eben immer nur auf das Auge und den Blick des Betrachters an.

Die Wahrheit zum Fest

Gerade in dieser ruhigeren Weihnachtszeit werden ja viele Geschichten gelesen und natürlich auch vorgelesen. In keiner anderen Zeit wird mehr gelesen, als zu Weihnachten.

Frei erfundene Geschichten vom Christkind und vom Nikolaus werden dabei genau so häufig gelesen, wie die Dinge, die tatsächlich selbst erlebt wurden.

Und davon gibt es ja viel mehr, als wir uns das so gemeinhin vorstellen würden.

Die Weihnachtszeit ist eben etwas Besonderes und gerade in dieser Zeit erleben die Menschen immer wieder höchst seltsame Dinge.

Woran das liegt? Man weiß es nicht.

Vielleicht ist es ja tatsächlich eine ganz besondere Zeit – in der die Dunkelheit irgendwie viel unheimlicher wirkt, in der wir aufmerksamer den Himmel beobachten und in der nachweislich die meisten seltsamen Dinge geschehen.

Offenbar sind wir aber auch während dieser Zeit besonders aufmerksam und sensibel.

In jedem zweiten Stern meinen wir, einen Schlitten zu erkennen und die Sterne funkeln zu dieser Zeit eben ganz anders.

Es ist wohl das Zusammenspiel der Dinge.

Natürlich werden, dem besonderen Anlass entsprechend, eine Menge von Geschichten frei erfunden.

Genau so aber passieren eben immer wieder diese Dinge, die uns auch im wirklichen Leben einfach ratlos zurücklassen.

Es gibt eben offensichtlich doch ein wenig mehr, als was wir mit unseren Sinnen so einfach aufnehmen können.

Dies geben natürlich nur die wenigsten Leute zu. Man ist ja schließlich sehr weit entwickelt und aufgeklärt.

„Die Krone der Schöpfung" lässt sich eben nicht so einfach aus der Ruhe bringen.

Wir haben für nahezu Alles eine Erklärung und was nicht so recht passen will, wird eben mit dem reichlich abgedroschenen Begriff „Zufall" erklärt.

Das ist auch einfacher – brauchen wir dann erst gar keine Überlegungen darüber anstellen, wie und warum bestimmte Dinge einfach passieren.

Auf der anderen Seite ist dieses spezielle Datum – nämlich der 24. und 25. Dezember - also die Tage, an denen wir das Weihnachtsfest feiern - keineswegs einfach nur erfunden.

Der aufgeklärte Mensch weiß natürlich, dass Christi Geburt gar nicht am 24. Dezember stattgefunden haben kann.

Wir werden jetzt also „so ganz nebenbei" einige Illusionen zerstören müssen – Illusionen, die die Meisten von uns seit ihrer Kindheit haben und die aber trotz Allem einen erheblichen Wahrheitsgehalt besitzen. Das macht es für uns natürlich schwierig, Wahrheit und Dichtung zu unterscheiden.

Dies liegt an den verschiedensten Dingen.

Jesus, der ja angeblich am 25. Dezember zur Welt gekommen sein soll und dessen zweifelsfreie Existenz mittlerweile wissenschaftlich erwiesen ist, kam definitiv nicht im Jahre 0 zur Welt, sondern höchstwahrscheinlich 4 oder 5 Jahre früher.

Drüber hinaus kann er nicht im Dezember geboren worden sein, denn in der Bibel steht ja schon: " Ein Engel ist dem Hirten auf dem Feld erschienen." Nun ist es, wie man ja weiß, auch in der Nähe Jerusalems im Dezember recht kalt und so geht kein einziger Hirte mit seinen Tieren freiwillig vor die Tür.

Die eigentliche Frage ist also nun: Warum feiern wir ausgerechnet am 24. und 25. Dezember die Geburt Christi?

Auch dies ist recht einfach erklärt. Die ersten Christen nämlich waren eine kleine Minderheit und glaubten zudem noch an nur einen einzigen Gott.

Das war zu dieser Zeit nicht unbedingt populär und so beriet man sich, wie man einfach mehr Menschen zur christlichen Kirche locken könnte.

Man sagte also den"Ungläubigen" zu, dass sie im Falle eines Beitritts zur christlichen Kirche ihre wichtigsten Feiertage behalten könnten.

Ein sehr wichtiger Feiertag bei den Germanen war zum Beispiel das „Mittwinterfest", welches am 25. Dezember stattfand.

Am selben Tag feierte man in Persien die Geburt des Sonnengottes „Mithras", einer Weiterentwicklung des babylonischen Gottes „Nimrod" und im alten Rom feierte man am selben Tag ein großes Friedensfest.

Bliebe also noch zu klären: Woher stammt der Weihnachtsbaum?

Fangen wir auch hier mit den Fakten an. Auch der Weihnachtsbaum ist ein ursprüngliches Symbol für die Anbetung fremder Götter.

Der eigentliche Tannenbaum – so wie wir ihn kennen und lieben – kommt aus dem Elsass. Im 16.ten Jahrhundert standen dort die ersten Weihnachtsbäume – aus welchen Gründen auch immer.

Die letzte Frage ist also: Was hat es mit dem wirklichen Nikolaus auf sich?

Auch hier erfolgt die Auflösung recht einfach und auf dem Fuße.

Der eigentliche Weihnachtsmann hat seinen Ursprung definitiv in einer höchst christlichen Tradition.

Sie geht zurück auf den „Heligen St.Nikolaus", der im 4.ten Jahrhundert in der heutigen Türkei recht großzügig war. Er beschenkte die Menschen einfach so und ohne einen persönlichen Nutzen daraus zu ziehen.

Daraus, und eben auch aus vielen anderen Kulturen entwickelte sich der Weihnachtsmann, so wie wir ihn heute kennen.

Nun kennen wir also die wirkliche Wahrheit.

Gibt es den Weihnachtsmann?

Der jetzt folgende Briefwechsel stammt tatsächlich aus dem Jahre 1897.

Er wurde über 50 Jahre lang jeweils zur Weihnachtszeit auf der Titelseite der „Sun" ... einer weltberühmten, amerikanischen Zeitung, auf der Titelseite abgedruckt.

Ein achtjähriges Mädchen, Virginia aus New York, wollte ganz genau wissen, ob es den Weihnachtsmann denn nun wirklich gibt.

Aus diesem Grunde schrieb sie an diese Tageszeitung einen Brief.

„Ich bin 8 Jahre alt. Einige von meinen Freunden sagen, es gibt keinen Weihnachtsmann. Mein Papa sagt aber, das, was in der „Sun" steht, ist immer wahr. Bitte sagen Sie mir: Gibt es einen Weihnachtsmann?"

Durch einen Zufall gelangte dieser Brief in die Hände von Francis Church, einem der Chefredakteure der Zeitung.

Die Beantwortung des Briefes war ihm so wichtig, dass er höchstpersönlich darauf antwortete – ebenfalls auf der Titelseite der „Sun".

„Virginia. Deine kleinen Freunde haben nicht Recht. Sie glauben nur was sie sehen. Sie glauben, dass es gar nicht geben kann, was sie mit *ihrem kleinen Geist nicht erfassen können. Aller Menschengeist ist so klein – ob er nun einem Erwachsenen oder einem Kind gehört. Im Weltall verliert er sich, wie ein winziges Insekt.*

Ja Virginia – es gibt einen Weihnachtsmann. Es gibt ihn so gewiss, wie die Liebe, Großherzigkeit und Treue. Weil es all das gibt, kann unser Leben schön und heiter sein. Wie dunkel wäre die Welt, wenn es keinen Weihnachtsmann gäbe?

Es gäbe auch dann keine Virginia – keinen Glauben – keine Poesie – gar nichts, was das Leben erst erträglich machte.

Es gibt einen Weihnachtsmann – sonst könntest Du auch den Märchen nicht glauben.

Gewiss – Du könntest Deinen Papa bitten, er solle am Heiligen Abend Leute ausschicken, den Weihnachtsmann zu fangen – und keiner von ihnen bekäme den Weihnachtsmann zu Gesicht – was würde das beweisen? Kein Mensch sieht den Weihnachtsmann einfach so. Das beweist gar nichts.

Die wichtigsten Dinge bleiben meistens unsichtbar. Die Elfen zum Beispiel – wenn sie auf Mondwiesen tanzen. Trotzdem gibt es sie.

All diese Wunder zu denken – geschweige denn, sie zu sehen – das vermag nicht der Klügste auf der Welt.

Was Du auch siehst – Du siehst nie Alles. Du kannst ein Kaleidoskop aufbrechen und nach den schönsten Farbfiguren suchen. Du wirst einige bunte Scherben finden – nichts weiter.

Warum? Weil es einen Schleier gibt, der die wahre Welt verhüllt. Einen Schleier, den nicht einmal die Gewalt auf der Welt zerreißen kann. Nur Glaube und Poesie und Liebe können ihn lüften. Dann werden die Schönheit und die Herrlichkeit dahinter zu erkennen sein.

'Ist das denn auch wahr?' kannst Du fragen.

Virginia – nichts auf der ganzen Welt ist wahrer und beständiger.

Der Weihnachtsmann lebt – und er wird ewig leben. Sogar in zehnmal zehntausend Jahren wird er da sein, um Kinder wie Dich und jedes offene Herz mit Freude zu erfüllen.

Frohe Weihnacht, Virginia – Dein Francis Church"

Heiligabend in der Bahnhofsmission

*E*s war 1945 – also kurz nach dem Ende des Zweiten Weltkrieges.

Ein Mann mit einem langen Militärmantel und ein kleiner Junge, 9 Jahre alt, stehen rat- und mutlos auf dem Bahnhof.

Sie haben gerade am Auskunftschalter erfahren, dass sie den letzten Zug verpasst haben.

Der nächste Zug fährt erst morgen.

„Papa, mir ist kalt", sagt der Junge. „Ja Joachim, mir auch. Wir gehen erst einmal in die Bahnhofsgaststätte und trinken etwas Heisses", sagt der Vater.

„Ich habe aber auch Hunger," quengelt der Sohn.

„Für Essen habe ich kein Geld. Außerdem brauchen wir dafür Lebensmittelmarken – und die sind zuhause bei Mama. Wir müssen den Gürtel halt enger schnallen", antwortet der Vater recht bedrückt. Dann entdeckt er das Schild: Bahnhofsmission.

„Komm mit, wir versuchen es mal dort", meint er und nimmt den frierenden und hungrigen Jungen an die Hand.

Dann betreten sie diese karitative Einrichtung und sofort fragt eine freundlich lächelnde, ältere Frau: „Was kann ich für Sie tun?"

„Können wir hier über Nacht bleiben? Draußen ist es so kalt und wir haben gerade erfahren, dass heute kein Zug mehr fährt. Erst morgen wieder," sagt der Vater.

Die Frau nickt und sagt: „Wir sind zwar voll belegt, aber bei uns wird keiner abgewiesen – schon gar nicht am Heiligen Abend. Setzen Sie sdich erst einmal."

Sie zeigt auf einen langen Tisch , an dem bereits einige Leute sitzen. Sie betrachten die beiden Neuankömmlinge teils neugierig – teils aber auch vollkommen gleichgültig.

„Haben Sie Hunger? Es ist noch etwas Suppe da", meint die Frau.

„Aber bitte keine Steckrüben", sagt der Junge und verzieht angeekelt sein Gesicht. Die Steckrüben erinnern ihn nämlich an seine Flucht aus Pommern, die er Anfang des Jahres ohne seine Mutter angetreten hatte. Unterwegs hatte er viele schlimme Dinge gesehen, die man eigentlich als junger Mensch nicht sehen sollte.

Tote Menschen lagen am Straßenrand und keiner konnte sie beerdigen, weil der Boden so hart gefroren war.

Sie waren entweder von Tiefffliegern beschossen worden oder waren an Hunger gestorben. Es war eine schlechte Zeit.

Meistens ging Joachim ja zu Fuß, weil er auf dem Wagen fast erfroren wäre.

Unter Anderem erlebte er da diese Sache mit den Steckrüben.

Sie hatten unterwegs an irgendeinem Bauernhof ein in aller Eile ein Schwein geschlachtet. Natürlich blieb damals keine Zeit, das Tier gründlich zu enthaaren. Außerdem fehlte den Soldaten ja auch das geeignete Werkzeug dazu.

Zusammen mit ein paar Kartoffeln und Steckrüben hatten sie das Fleisch in einem großen Topf der Feldküche gekocht. Einer von diesen Männern gab ihm einen Teller mit Steckrübensuppe – die übrigens fürchterlich schmeckte. Gewürze, wie Salz, hatten die Soldaten offenbar nicht gefunden.

Joachim ekelte sich vor den vielen Borsten, die in der Suppe schwammen.Trotzdem hatte er alles aufgegessen – aus Hunger. Aber seit diesem Tag mochte er eben keine Steckrüben mehr.

Der Vater und Sohn haben inzwischen an dem gr0ßen Tisch in der Bahnhofsmission Platz genommen.

Die Frau bringt ihnen einen Teller Suppe, die besser schmeckt, als sie aussieht.

Zumindest sind keine Steckrüben darin und so isst er Alles gierig auf.

Nachdem sie noch einen Kräutertee getrunken haben, sind sie satt und müde zugleich.

Es sind gerade zwei Feldbetten frei geworden und so werden sie gefragt, ob sie sich hinlegen wollen. Der Raum ist eiskalt. Brennmaterial zum Heizen ist ja knapp und so erwärmt man eben nur den Aufenthaltsraum.

Leider gibt es keine Decken mehr und so ziehen sie ihre Mäntel aus, um sich damit zuzudecken.

Der Vater macht während dieser Nacht kein Auge zu.

Er verteidigt vehement seinen und den Mantel seines Sohnes gegen Diebstahl.

Er schlägt mit dem Koppel um sich und die Stiefel haben sie lieber gleich angelassen.

Es sind ja ihre einzigen Paare und außerdem ist der Mantel ja zu kurz, um die Füße zu bedecken.

Am nächsten Morgen fahren Vater und Sohn mit dem ersten Zug nach Hause, wo sie von der restlichen Familie schon sehnsüchtig erwartet werden.

Diesen ganz besonderen Heiligabend hat Joachim niemals vergessen.

Der Brauni

„Brauni" hieß er. Er war für eine ganz bestimmte Zeit meines Lebens mein treuster Begleiter.

An jedem Abend saß er in meinem Bett und auch tagsüber war er eigentlich immer dort, wo er hingehörte – nämlich bei mir.

Brauni war mein Teddybär. Ich hatte ihn irgendwann einmal von meiner Oma geschenkt bekommen und seit diesem Tage waren wir einfach unzertrennlich.

Mir war es auch vollkommen egal, wie er aussah. Die Spuren seines langen Lebens waren natürlich auch bei ihm deutlich sichtbar und sein ehemaliges Fell bestand eigentlich mittlerweile nur noch aus einer Art Pappmache.

Eigentlich war mir das aber vollkommen egal.

So, wie er nun einmal aussah, war er genau richtig und oft hatte er sich stumm meine Geschichten direkt aus dem Leben angehört.

Geduldig saß er da und manchmal hatte ich das Gefühl, er würde alles das nachvollziehen können, was ich damals so erlebt hatte.

Von Zeit zu Zeit tat er mir aber auch etwas leid.

Das lag daran, dass er nichts Ordentliches zum Anziehen hatte.

Die alten Sachen, die man ihm irgendwann ein-
mal angezogen hatte, waren natürlich ebenfalls
in die Jahre gekommen und so saß er dann da –
stumm, nahezu unbeweglich und eben mit diesen
alten Sachen – ein Bild des Elends.

Trotzdem liebte ich ihn natürlich – es war mir da-
mals schon egal, was die Leute von Jemandem
halten würden, der eben nicht so aussah, wie sie.
Diese Einstellung hat sich bis zum heutigen Tage
nur noch erhärtet und ich glaube auch, dass die-
se Sichtweise durchaus richtig ist.

Irgendwann einmal – es muss kurz vor dem
Weihnachtsfest gewesen sein – kam ich auf die
Idee, ihm etwas Ordentliches zum Anziehen zu
verpassen und so machte ich mir also Gedanken,
wie ich es bewerkstelligen könnte, ihm diesen
Wunsch zu erfüllen.
Es war ja einer seiner größten Wünsche ... das
hatte er mir ja gesagt.
Natürlich erzählte ich meiner Mutter von meinem
Vorhaben... sie aber sagte nur, dass es sich nicht
lohnen würde, für so einen alten Bären auch
noch Geld auszugeben.

Ich hatte das zwar nicht so recht nachvollziehen können aber das, was sie sagte, war ja meistens richtig. Also beließ ich es dabei.

Ich hatte natürlich versucht, ihm selbst etwas Neues zu basteln – es sah erwartungsgemäß nicht sonderlich kleidsam aus und dann tat er mir noch viel mehr leid.

Eines Morgens wachte ich auf und mein erster Griff war natürlich zu ihm.

Er aber war verschwunden... einfach weg.

Natürlich stellte ich sofort das ganze Zimmer auf den Kopf und suchte ihn in jeder noch so kleinen Ecke ... er blieb verschwunden.

Meine Mutter sagte nur, dass es ihm vielleicht bei mir nicht gefallen hätte und er aus diesem Grunde einfach weggezogen wäre.

Das konnte ich doch nicht glauben.

Ich hatte doch Alles für ihn getan und wenn es ihm bei mir nicht gefallen hätte, dann wäre er auch soviel Mann gewesen, mir das auch zu sagen.

Es wurde eine schwere Zeit für mich. Brauni war weg und ich musste ja meinen normalen Tagesablauf irgendwie alleine auf die Kette bekommen.

In der Schule konnte ich natürlich auch nichts sagen. Was hätten die Anderen von mir gedacht *wenn sie herausbekommen hätten, dass ein Junge in diesem Alter noch mit einem Teddybären spielt.*

Die Tage flossen also einfach so dahin.

Dann kam der Weihnachtstag und wir machten uns, wie jedes Jahr, auf zum Besuch meiner Oma.

Sie hatte jedes Jahr ein paar tolle Sachen für mich – und eigentlich freute ich mich immer sehr auf die Besuche bei ihr.

In diesem Jahr war das irgendwie anders.

Zum Ersten war ja der Brauni weg und zum Zweiten war es ja genau sie, die mir damals diesen kleinen Mann geschenkt hatte.

Das war mir schon peinlich – was würde sie sagen, wenn sie erfuhr, dass „ihr Brauni" verschwunden war.

Ich ließ es also auf mich zukommen und etwas verunsichert ging ich also zu ihr.

Alles war, wie immer. Der wunderbar geschmückte Weihnachtsbaum, die Dekoration rund herum und die Stimmung waren einfach schön.

Nun ging es daran, die Geschenke auszupacken.

Vorher sagte ich natürlich noch ein Gedicht auf, wie immer, direkt vor dem hell erleuchteten Christbaum.

Mit einem Auge hatte ich natürlich bereits unter den Baum geschaut – aber weder ein Namensschild noch irgend etwas anderes entdecken können.

Das machte ich eigentlich immer – manchmal hatte ich auch schon einen kleinen Aufkleber mit meinem Namen entdeckt.

In diesem Jahr war das anders.

Nichts – absolut nichts war zu sehen.

Dann ging es an die Bescherung.

Für einen Moment hatte ich sogar „Brauni" vergessen.

Die Erwachsenen beschenkten sich nun mit den verschiedensten Dingen.

Dann war endlich ich an der Reihe.

Meine Oma griff auf den Schrank und hielt plötzlich den „Brauni" in der Hand.

Ich glaubte, meinen Augen nicht zu trauen.

Vollkommen neu eingekleidet war er und sie überreichte mir sichtlich stolz den kleinen Mann.

Irgendwie sah er viel glücklicher aus.

Ich glaube, es war das schönste Weihnachtsgeschenk, dass ich jemals bekommen hatte und seit diesem Tage weiß ich, dass es das Christkind doch gibt.

Es gibt doch ein Christkind

Diese Geschichte hatte ein Mann, namens John Berry vor vielen Jahren in New York erlebt.

Er schreibt sie auf, so wie sie sich wirklich zugetragen hatte.

Eigentlich war es, wie verhext. Ich fand einfach keine Arbeit.

Von meinem eigentlichen Beruf her bin ich Installateur. Aber ich hätte auch nahezu jede andere Stelle angenommen; als Koch oder Auslieferungsfahrer oder sonst was.

Drei Monate war ich nun schon arbeitslos und wohnte in einer kalten und verwahrlosten Bude. Es war Anfang des Monates Dezember und immer um diese Zeit sind die breiteren Prachtstraßen von New York mit bunten Lichterketten überspannt und aus allen Schaufenstern der Innenstadt glänzt ein Weihnachtszauber von Glitzersternen, Elfen, Zwergen und Spielzeugstädten.

Auf dem Vorplatz des „Rockefeller-Centers" steht der größte Weihnachtsbaum der Welt. Er ist so hoch, wie ein Haus mit 10 Stockwerken und unter diesem Baum gibt es eine Eislaufbahn.

Mich interessierte das alles nicht so sehr, denn ich hatte kein Geld. Zudem war ich sehr hungrig *und durchgefroren. Dazu kam: Ich suchte ja Arbeit und ich hätte jeden Job angenommen.*

So kam es also, dass ich Weihnachtsmann in einem großen Warenhaus wurde.

Zur Weihnachtszeit hat nahezu jedes Kaufhaus einen eigenen Weihnachtsmann.

Zu ihm gehen die Kinder und flüstern ihm zu, was sie sich wünschen.

Der Kaufhaus-Weihnachtsmann schreibt die einzelnen Namen und natürlich die Wünsche auf.

Später holen sich dann die Mütter die Wunschzettel ab – und weil es eben so praktisch ist, kaufen die Mütter diese Wünsche gleich an Ort und Stelle ein.

Auf alt, würdig und erhaben geschminkt saß ich also mit weißem Bart und rotem Umhang in der Spielzeugabteilung.

Natürlich glaubten mir nicht alle Kinder, dass ich der echte „Santa Claus" sei und die Größeren flüsterten mir lieber Schimpfworte ins Ohr.

Eines abends stand er da – nicht so gläubig, wie die Kleineren aber auch nicht so übermütig, wie die Größeren.

Vollkommen ernst schaute er mich an und seine Hände hielt er geballt in den Taschen.

Nach Aufforderung nannte er mir die Straße, in der er wohnte. Sie lag im äußersten Norden der

Stadt in einem Viertel, in dem nur die ärmsten Farbigen leben.

„Mister Santa", sagte er zu mir. „Ich brauche unbedingt ein Paar Schlittschuh."

„Schlittschuhe in Größe 6 - direkt am Stiefel festgemacht, verstehst Du?", meinte er noch.

Dann senkte er den Kopf .. Paco war sein Name.

„Meine Mutter sagt, sie kann diese Schuhe nicht kaufen...aber Du Mr. Santa...vielleicht kannst Du ja ... „ Die anderen Kinder drängten sich vor und schubsten Paco einfach weg, Er wehrte sich nicht.

Auf dem Nachhauseweg sah ich ihn wieder. Er stand an der Eisbahn unter dem riesigen Weihnachtsbaum.

Seine dunklen Augen folgten den Kurven und Kreisen der Schlittschuhläufer auf dem hell erleuchteten Eis.

Es war ja kalt und er hatte nur einen dünnen Pullover an. Aber er stand dort einfach unbeweglich und starrte auf die glitzernde Eisfläche.

Als er ein weiteres mal zu mir ins Warenhaus kam, fragte ich ihn: „Paco – warum brauchst Du eigentlich Schlittschuhe? Es gibt doch viel mehr nützliche Sachen." Da warf er seine Arme in die Luft und sagte: „Mister Santa ... Schlittschuhlaufen .. das ist .. das ist schön."

„Ich muss Schlittschuh haben – verstehst Du?"

Ich flüsterte ihm zu: „Komm morgen wieder, Paco. Morgen ist der Heilige Abend. Da ist alles möglich. Vielleicht sogar ein Wunder."

Ohne ein weiteres Wort drehte er sich um und ging.

Der Vormittag des Heiligen Abends. Es war mein letzter Tag als „Santa Claus" in diesem Geschäft.

Ich kaufte von der Hälfte meines Wochenlohnes als Weihnachtsmann ein paar Schlittschuhe in Größe 6. Dann fiel mir ein, dass es mit den Schlittschuhen alleine ja gar nicht getan war. Paco brauchte ja noch das Eintrittsgeld für die Eisbahn. Er hatte ja bestimmt keinen Cent.

Wohl oder Übel musste ich ihm also noch ein paar Dollar in die Stiefel stecken.

„Du bist doch total übergeschnappt", dachte ich noch. „Die Hälfte eines Wochenlohnes für einen fremden Jungen."

Trotzdem wartete ich auf Paco. Er kam nicht.

Als die letzten Kinder gegangen waren, legte ich die „Santa-Claus" Verkleidung ab und zog meine eigene Jacke über.

Dann ging ich hinaus auf den Platz mit der Eisbahn und dem großen Weihnachtsbaum.

In meiner Hand trug ich die Tüte mit den Schlitt-schuhen und von der Eisbahn schallte die Musik herüber.

Plötzlich entdeckte ich Paco. In seinem dünnen Pullover stand er wieder da und beobachtete die Schlittschuhläufer.

„Guten Abend Paco", sagte ich zu ihm.

Er erkannte mich natürlich nicht.

„Wer sind Sie, Mister?" fragte er noch und ballte seine kleinen Hände zu Fäusten.

„Ich komme von Santa Claus", sagte ich. „Ich mache ab und zu ein paar Besorgungen für ihn. Er hat auf Dich gewartet. Warum bist Du denn nicht gekommen?"

Paco schüttelte den Kopf. „Meine Mutter hat gesagt. Es gibt keine Wunder. Für uns nicht."

Dann überreichte ich ihm die Tüte mit den Schlitt-schuhen. „Von Santa Claus", sagte ich.

Mit offenem Mund schaute Paco in die Tüte.

Es dauerte eine Zeit lang bis er begriffen hatte, dass die Schlittschuhe ihm gehören sollten. Dann deutete er mit dem Kopf zum Kaufhaus.

„Wartet er noch?" fragte er.

„Es ist schon geschlossen. Santa Claus ist fort. Aber wenn Du willst, sage ich ihm dass Du Dich sehr freust."

Paco nickte. Dann drückte er die Schlittschuhe an sich und lachte laut.

Alles an ihm leuchtete.

„Jetzt probier ich's", sagte er. Dann rannte er zur Eisbahn.

Nach ein paar vorsichtigen Bögen auf dem Eis drehte er noch einmal zu mir um. Er wedelte mit seinen Armen und schrie: „Ich kann's. Sagen Sie Santa Claus, dass ich's kann. Und – Fröhliche Weihnachten, Mister."

„Fröhliche Weihnachten, Paco", rief ich zurück.

Dann sah ich ihn davonfahren. Er tauchte unter in der Menge der anderen Schlittschuhläufer.

Ein normaler Tag im Advent

Wie wir ja wissen, hat nicht nur Normalbürger mit der Polizei zu tun. Auch den wahrhaftigen Nikolaus kann es da schon kalt erwischen.

So wartete also an einem Abend im Dezember, es war der Sechste, ein Streifenbeamter der Polizei an einem kleinen, ganz gewöhnlichen Auto, welches der Fahrer völlig unvorschriftsmäßig und keck in ein deutlich gekennzeichnetes Parkverbot gestellt hatte.

Der Polizist überlegte noch, ob er diesen Block mit den vorgedruckten Aufforderungen, sich auf dem Revier zu melden, aus der Tasche ziehen sollte. Da es aber so kalt war, ließ er die Hände lieber in den Taschen.

Noch stand er da und überlegte, ob er denn eine amtliche Kenntnis vornehmen sollte, da trat plötzlich eine stark vermummte Gestalt aus dem Hauseingang und schritt auf den Wagen zu.

Als Polizist konnte man nun nicht mehr den Ahnungslosen spielen und so war er quasi zu einer Amtshandlung gezwungen.

„Sie", sagte der Ordnungshüter. „Haben Sie nicht gesehen, dass Sie im Parkverbot stehen?"

Nun drehte der Fremde sich um.

Dem Polizeibeamten, der ja auch irgendwann einmal ein kleiner Junge gewesen war, schlotterten plötzlich die Knie.

Der vermeintliche Autofahrer trug eine rote Kutte, einen mächtigen weißen Bart, eine Rute und schaute darüber hinaus noch äußerst erfurchtsvoll drein.

„ … im ääh... Parkverbot .. ääh... stehen", monierte der Beamte eigentlich nur noch äußerst schwach und hätte sich wohl am Liebsten sofort auf seinen Rundgang begeben.

„Stimmt haargenau", brummte der Nikolaus und ließ recht lässig seine Rute in den Fingern kreisen.

„Das ist vollkommen richtig. Aber Sie wissen ja sicherlich auch, dass selbst im Parkverbot das Be- und Entladen des Fahrzeuges erlaubt ist.

„Allerdings", stimmte der Polizist ein wenig froh ein.

„Und wie Sie hier sehen", fuhr der Nikolaus fort und schwang seinen leeren Sack, „habe ich in diesem Haus Einiges entladen. Dieser Sack war einmal voll mit Äpfeln, Nüssen und anderen Sachen. Oder wollten Sie etwa, dass ein Nikolaus von heute einen vollen Sack zu Fuß tragen soll, wo jedes Lieferfahrzeug im Halteverbot parken darf?"

„Oh", lächelte der Beamte. Das wollte ich keineswegs. Das geht schon in Ordnung. Ich wünsche Ihnen ein frohes Weihnachtsfest."

Am Liebsten hätte er ja noch „lieber Nikolaus" angefügt. Aber da genierte er sich dann doch noch ein wenig.

Aus einem Schüleraufsatz

*D*er Advent ist die schönste Zeit im Winter. Die meisten Leute haben im Winter eine Grippe. Die ist mit Fieber. Wir haben auch eine, aber die ist mit Beleuchtung und man schreibt sie mit K.

Drei Wochen bevor das Christkind kommt, stellt der Papa die Krippe im Wohnzimmer auf und meine kleine Schwester und ich dürfen mithelfen. Viele Krippen sind langweilig, aber die unsere nicht, weil wir haben mordstolle Figuren darin. Ich habe einmal den Josef und das Christkind auf den Ofen gestellt, damit sie es schön warm haben und es war ihnen heiß.
Das Christkind ist schwarz geworden und den Josef hat es in lauter Trümmer zerrissen. Ein Fuß von ihm ist bis in den Plätzchenteig geflogen und das war kein schöner Anblick.
Meine Mama hat mich beschimpft und gesagt, dass nicht einmal die Heiligen vor meiner Blödheit sicher sind.
Wenn die Maria ohne Mann und ohne Kind rumsteht, schaut es nicht gut aus. Aber ich habe Gott sei Dank viele Figuren in meiner Spielkiste und der Josef ist jetzt Donald Duck.

Als Christkind wollte ich Asterix nehmen, weil der ist als einziger so klein, dass er in den Futtertrog gepasst hätte.

Da hat meine Mama gesagt, man kann doch keinen Asterix als Christkind nehmen, da ist das verbrannte Christkind noch besser. Es ist zwar schwarz, aber immerhin ein Christkind.

Hinter dem Christkind stehen zwei Ochsen, ein Esel, ein Nilpferd und ein Brontosaurier.

Das Nilpferd und den Saurier habe ich hinein gestellt, weil die Ochsen und der Esel waren mir allein zu langweilig. Links neben dem Stall kommen gerade die heiligen drei Könige daher. Ein König ist dem Papa im letzten Advent beim Putzen herunter gefallen und er war total hin.

Jetzt haben wir nur noch zwei heilige Könige und einen heiligen Batman als Ersatz.

Normal haben die heiligen Könige einen Haufen Zeug für das Christkind dabei, nämlich Gold, Weihrauch und Pürree oder so ähnlich.

Von den unseren hat einer anstatt Gold ein Kaugummipapier dabei, das glänzt auch schön. Der andere hat eine Malboro in der Hand, weil wir keinen Weihrauch haben. Aber die Malboro raucht auch schön, wenn man sie anzündet.

Der heilige Batman hat eine Pistole in der Hand. Das ist zwar kein Geschenk für das Christkind, aber damit kann er es vor dem Saurier beschützen.

Hinter den drei Heiligen sind ein paar rothäutige Indianer und ein Engel. Dem Engel ist ein Fuß abgebrochen, darum haben wir ihn auf ein Motorrad gesetzt, damit er sich leichter tut. Mit dem Motorrad kann er fahren, wenn er nicht gerade fliegt. Rechts neben dem Stall haben wir das Rotkäppchen hingestellt. Sie hat eine Pizza und drei Bier für die Oma dabei.

Einen Wolf haben wir nicht, darum lauert hinter dem Baum ein Bär als Ersatzwolf hervor.

Mehr steht nicht in unserer Krippe, aber das reicht voll aus.

Am Abend schalten wir die Lampe an und dann ist unsere Krippe erst so richtig schön. Wir sitzen so herum und singen Lieder vom Advent. Manche gefallen mir, aber die meisten sind mir zu langweilig.

Mein Opa hat mir ein Gedicht vom Advent gelernt und es geht so:
"Advent, Advent, der Bärwurz brennt,
Erst trinkst ein, dann zwei, drei, vier,
dann haut es dich mit dem Hirn an die Tür!"
Obwohl dieses Gedicht recht schön ist, hat Mama gesagt, dass ich es mir nicht merken darf.

Ehe man sich versieht ist der Advent vorbei und

Weihnachten auch und mit dem Jahr geht es auch dahin.

Die Geschenke sind ausgepackt und man kriegt vor Ostern nichts mehr, höchstens man hat vorher Geburtstag.

Aber eins ist gewiss: Der Advent kommt immer wieder.

Warum es (rein rechnerisch) eigentlich keinen Weihnachtsmann geben kann

Eine kleine Rechnung für diese unglaublichen, natürlich absolut ungläubigen Schlauberger

*I*ch habe mir natürlich Gedanken darüber gemacht, wie so ein Weihnachtsmann das Alles an nur einem Tag / Abend schaffen kann.

Mein ganz persönliches Ergebnis ist da leider absolut niederschmetternd.

Wenn ich also nichts vergessen habe, ist es mathematisch fast so gut wie unmöglich, dass es ihn wirklich gibt.

Auf der anderen Seite: Ganz sicher sein kann man sich ja da nie. Gerade zur Weihnachtszeit sind wir uns da ja oft unsicher.

Fangen wir also mit ein paar Fakten an:

Keine bekannte Spezies der Gattung Rentier kann fliegen. Auf der anderen Seite gibt es noch mindestens 300.000 lebende Organismen, die noch klassifiziert werden müssen. Obwohl es sich dabei in der Hauptsache um Insekten und Bakterien handelt, schließt dies natürlich nicht mit letzter Konsequenz fliegende Rentiere aus, die nur der Weihnachtsmann bisher gesehen hat, aus.

Das ist also soweit klar.

Es gibt ungefähr 2 Milliarden Kinder auf dieser Welt.

Da aber der Weihnachtsmann (anscheinend) keine Moslems, Himdus, Juden und Buddhisten beliefert, reduziert sich seine Arbeit auf etwa 15 % der Gesamtzahl.

Das sind kaut einer nahezu aktuellen Volkszählung 378 Milliomen Kinder. Bei einer durchschnittlichen Kinderzahl von 3,5 pro Haushalt ergibt das 91,8 Millionen Häuser.

Ich nehme einfach an, das in jedem Haus mindestens ein braves Kind lebt.

Der Weihnachtsmann hat – bedingt durch die verschiedenen Zeitzonen (wenn er von Osten mach Westen fliegt) einen Weihnachtstag von 31 Stunden.

Dadurch ergeben sich also 822.6 Besuche pro Sekunde.

Somit hat der Weihnachtsmann für jeden Besuch bei braven Kindern 1/1000 Sekunde Zeit für seiner Arbeit. Inklusive natürlich des Parkens, aus dem Schlitten springen, dem Schornstein herunterklettern und die Socken füllen, die übrigen Geschenke verteilen, den Schornstein wieder herauf zu klettern und zum nächsten Haus zu fliegen.

Einmal angenommen, das jeder dieser 91,8 Millionen Stops gleichmäßig auf der ganzen Erde verteilt sind (was wir natürlich nicht wissen) erhalten wir nunmehr 1,3 Km Entfernung von Haushalt zu Haushalt.

Dies ergibt eine Gesamtentfernung von 120,8 Millionen Kilometern.

Das bedeutet also, dass der Schlitten des Weihnachtsmannes mit 1040 KM pro Sekunde fliegt.

Die Ladung des Schlittens führt zu weiteren interessanten Effekten.

Einmal angenommen, jedes Kind bekommt nicht mehr, als ein mittelgroßes Lego-Paket (ungefähr 1 Kilo), dann hat der Schlitten ein Gewicht von 378.000 Tonnen geladen – natürlich den Weihnachtsmann selbst nicht mitgerechnet – obwohl dieser ja fast einstimmig als übergewichtig beschrieben wird.

Ein gewöhnliches Rentier kann ungefähr 175 KG ziehen.

Selbst bei der Annahme, dass ein fliegendes Rentier das Zehnfache des normalen Gewichtes ziehen könnte, bräuchte man für den Schlitten nicht acht oder vielleicht neun Rentiere. Man bräuchte 216.000 Rentiere.

Das würde das Gesamtgewicht auf ca. 410.400 Tonnen – das Gewicht des Schlittens noch nicht einmal eingerechnet.

Zum Vergleich – das ist mehr, als das vierfache Gewicht der Queen Elisabeth.

410.400 Tonnen bei einer Geschwindigkeit von 1040 Km/sec. erzeugen natürlich einen ungeheuren Luftwiderstand.

Dadurch werden die Rentiere aufgeheizt wie ein Raumschiff, dass gerade wieder in die Erdumlaufbahn eintritt.

Das vorderste Paar Rentiere muss also 16,6 Trillionen Joule Energie absorbieren – pro Sekunde wohlgemerkt.

Anders ausgedrückt: Sie werden augenblicklich in Flammen aufgehen.

Das nächste Paar Rentiere würde dem Luftwiderstand preisgegeben und es würde dem wohl ähnlich ergehen. Kurzum: Das gesamte Team von Rentieren würde in 5/1oootel Sekunden komplett vaporisiert.

Der Weihnachtsmann selbst wird unterdessen einer Beschleunigung von der Größe der 17.500 fachen Erdbeschleunigung ausgesetzt.

Ein 120 Kg wiegender Weihnachtsmann (wieviel er ja laut den Beschreibungen mindestens wie-

gen muss) würde also an das Ende seines Schlit-
tens genagelt – mit der Kraft von 20,6 Millionen
Newton.

Damit kommen wir also zu dem Schluss:
WENN der Weihnachtsmann irgendwann einmal
tatsächlich die Geschenke gebracht haben sollte,
ist er heute tot.
Sorry - Schuhe rausstellen bringt also absolut
nichts.

So feiert man Weihnachten

Der biblische Bericht über die Geburt Jesu gehört wohl zu jedem Weihnachtsfest irgendwie dazu.

Das, was im Lukas-Evangelium geschrieben steht, ist sozusagen die eigentliche Geburtsstunde des Weihnachtsfestes. Matthäus erzählt die Geschichte zwar ein wenig anders, aber trotzdem ist das Ergebnis nahezu das Gleiche.

Viele andere Völker beneiden uns um dieses wunderbare Fest und so ist es auch nicht weiter verwunderlich, dass man zum Beispiel in Japan unsere heimeligen Städte und Orte einfach nachgebaut hat.

Weihnachten ist eben ein Fest mit vielen Traditionen.

In den Niederlanden zum Beispiel steht der 6. Dezember im Mittelpunkt des Geschehens.

Vom niederländischen „Sinterklaas" sagt man, dass er das Jahr über in Spanien lebe und Mitte November mit einem Dampfschiff in den Niederlanden eintrifft, was in vielen Küstenorten jeweils nachgespielt wird. Holländische Kinder lassen ihre Schuhe vor dem Nikolausabend draußen, um sie am Morgen mit Süßigkeiten gefüllt zu finden.

Dementsprechend ist der 5. Dezember in den Niederlanden der eigentliche Geschenktag. Der 25. Dezember ist mehr ein religiöses Ereignis.

Am Heiligen Abend (Christmas Eve – 24. Dezember) werden die Geschenke direkt unter den Weihnachtsbaum geliefert. Allerdings werden sie erst am Morgen des 1. Weihnachtstages ausgepackt. So feiert man Weihnachten in England.
Später dann versammelt man sich zum traditionellen Weihnachtsessen.
Das kann, ähnlich wie bei uns, recht üppig und divers ausfallen – aber zum Dessert gibt es fast immer einen „Plumpudding".
Darin können Glücksbringer oder sogar Münzen versteckt sein – für die Kinder als eine Überraschung gedacht.
Der 26. Dezember wird "Boxing Day" genannt: Früher erhielten Lieferanten und Händler, nach denen das Jahr über verlangt wurde, eine Christmas-Box. Heutzutage erhalten Müllmänner, der Milchmann oder die Briefträger ein Trinkgeld für ihre Dienste während der Weihnachtszeit.
In Italien ist dieses Fest, wie nicht anders zu erwarten, natürlich ein großer Familientag.
In einigen Teilen Italiens werden die Geschenke zwar erst am Dreikönigstag gebracht, aber im

Großteil des Landes ist es ebenfalls der 24. Dezember.

Die Kinder warten dann sehnsüchtig auf „Befana", eine weise und alte Hexe, die durch den Kamin rutscht und die Geschenke verteilt.

In Spanien sind es traditionell Die Heiligen Drei Könige, die den Kindern am 6. Januar die Geschenke bringen.

In vielen spanischen Städten wird die Ankunft der Drei – wie sollte es anders sein - von einem großen Umzug gefeiert.

In Frankreich lieferte zwar früher noch der „Saint Nicolas" die Geschenke aus, aber heute bringt sie der Pere Noell.

Auch er kommt natürlich durch den Schornstein und legt seine Gaben in die bereitgestellten Schuhe.

Anders, als die anderen Weihnachtsmänner, kommt er nicht mit roter Mütze und einem Sack. Er kommt, ähnlich wie bei der Weinlese, mit einem Korb auf dem Rücken.

Geschlemmt wird natürlich, ganz dem Lande entsprechend, nahezu die ganze Nacht vom 24,ten auf den 25.ten Dezember.

In Griechenland ziehen die Kinder am 24.ten Dezember mit Instrumenten durch die Straßen.

Sie möchten mit ihren zusätzlichen Lobgesängen einen Segen für die Häuser erwirken.

Dafür werden sie natürlich von den Bewohnern belohnt.

Ähnlich, wie bei uns, lodern überall Weihnachtsfeuer... mit dem Unterschied, dass diese zwölf Nächte lang lodern.

Erst am Morgen des 1.ten Januar finden die Kinder dann ihre Geschenke vor dem Bett.

Wie in den meisten, anderen nordischen Ländern, bringt der Weihnachtsmann die Geschenke an Heiligabend, aber das Hauptfest findet bereits am 13.ten Dezember statt.

Es ist das Fest der „Heiligen Lucia".

Zum Heiligabend gehören in Polen die Weihnachtsoblaten. Das sind große, eckige Backoblaten, meist mit einem aufgeprägten Bild.

Tagsüber wird gefastet und abends kommt die Familie zum Weihnachtsessen zusammen. Das Festmahl beginnt aber erst, wenn der erste Stern am Himmel aufgegangen ist. Das Essen besteht traditionell aus 12 Gerichten - in Erinnerung an die 12 Apostel. Es wird immer ein Gedeck mehr als benötigt aufgelegt: für einen Gast, der vielleicht unerwartet kommt. Bevor alle anfangen zu essen, werden die Weihnachtsoblaten geteilt und man wünscht sich "Frohe Weihnachten".

Das Teilen der Oblaten ist ein Zeichen dafür, das die Familie das Leben miteinander teilen will. Es ist eine Geste der Liebe und der Versöhnung.

Das Weihnachtsfest wird in Russland erst am 7.ten Januar gefeiert.
Dies entspricht allerdings dem 25.ten Dezember im Julianischen Kalender.
Wie auch in den anderen osteuropäischen Ländern, gibt es die überlieferte Tradition vom „Väterchen Frost".
Er kommt mit seiner Enkelin und einem Schneemädchen in einem Schlitten, der von drei Pferden gezogen wird.

Die Ortschaften in Island sind, ähnlich wie bei uns, fast ein einziges Lichtermeer. Das mag natürlich auch an den äußerst langen Nächten dort liegen.
Typisch für Island sind allerdings die „Yulemen", dreizehn recht seltsame Trolle, die dreizehn Tage vor dem Heiligen Abend die Menschen dort heimsuchen.
Der Morgen des 24. Dezember gehört in Island den Verstorbenen. Die Menschen strömen auf die Friedhöfe, um ihrer zu gedenken. Abends um

sechs läuten die Kirchenglocken dann das Weihnachtsfest offiziell ein.

In den U.S:A. Wird schon traditionell erst am Morgen des 25.ten Dezember beschert. Das werden wir alle schon alleine aus dem Film „Kevin allein zuhaus" kennen.
Auch hier kommt „Santa Claus" durch den Kamin und versteckt seine Gaben in den „Christmas Stockings"... langen Strümpfen, die die Familie vorher am Kamin aufgehängt hat.
Zum Aufwärmen werden ihm eine Tasse heiße Milch und ein paar Zuckerstückchen für die Rentiere bereitgestellt.

In Australien ist Weihnachten natürlich ganz anders. Dieses Fest fällt ja mitten in den Sommer.
Hier flitzt „Santa Claus" eben mit roten Boxershorts auf Wasserski an oder fliegt mit einem Helikopter in weiter entfernte Orte.
Der Weihnachtstruthahn wird dann am liebsten am Strand verzehrt.

Sogar in Indien ist Weihnachten ein offizieller Feiertag. Auf Hindi heißt dieser Tag „Der große Tag".
Geschenke erhalten natürlich die Kinder, aber auch die Angestellten.

Für das Familienoberhaupt ist es eine große Ehre, wenn dieser mit einer Zitrone beschenkt wird ... warum auch immer ... verbunden natürlich mit den besten Wünschen für Glück und Erfolg.

In Japan ist der Heilige Abend weniger wichtig. Viel wichtiger ist dort der Neujahrstag. Weihnachten ist in Japan – im Gegensatz zum Westen – für Paare eher eine Gelegenheit, sich kennenzulernen.

In der Volksrepublik China ist der 25.te Dezember bisher noch kein offizieller Feiertag. Weihnachten hat dort eben keine Tradition – ähnlich, wie in Japan.
Doch mit dem neuen Wohlstand sind natürlich auch andere Sitten und Gebräuche in das Land gekommen.
Mittlerweile gibt es sogar einige Chinesen, die sich zu Weihnachten einen kleinen Plastikbaum in das Wohnzimmer stellen.
Auch das Aufhängen von Socken hat das Land erreicht
In Tirol bringt traditionell das Christkind die Geschenke. Die Vorstellung vom Christkind lieben viele Kinder. Sie schreiben Briefe, legen Geschenke aufs Fensterbrett und freuen sich, dass das

Christkind so genau weiß, was sie sich wünschen.
Es ist ein Spiel, das Freude macht und lange Tra-
dition hat.
Das Christkind sollte allerdings nicht mit dem
neugeborenen Jesu gleichgesetzt werden, damit
Jesus Christus nicht mit dem kleinen, blonden
„Geschenkebringer" verniedlicht wird.

Ein Faktum ist, dass Weihnachten (fast) in der
ganzen Welt gefeiert wird.
Ein Faktum ist aber auch, dass Weihnachten bei
den Muslimen nicht so bekannt ist, obwohl Maria
als einzige Frau im Koran vorkommt.
Die Geburt von Jesus aber findet selbst dort eine
Erwähnung (19.te Sure, Vers 16 -36).

Durchaus vergleichbar mit unserem Weihnachtsfest ist zum Beispiel das „Chanukka-Fest" im Ju-
dentum, das ähnlich gefeiert wird, wie bei uns.
Man trifft sich mit der Familie, isst und trinkt gemeinsam und die Kinder bekommen Geschenke.
Zudem findet es im Dezember statt.

Ein ebenso fröhliches, wie sehr familienorientier-
tes Fest ist das „Diwali", welches im Hinduismus
gefeiert wird.

Nach unserem Kalender findet es meistens Ende Oktober / Anfang November statt.

An Diwali erinnert man sich an unterschiedliche Ereignisse, Sagen und Mythen, dessen Aussage es ist, dass das Gute über das Böse und somit das Helle über das Dunkle siegt. Dementsprechend sind Kerzen, Lichterketten und Feuerwerksraketen ein wesentliches Element des Festes.

Der höchste Feiertag im Buddhismus ist der „Viskaha Puja", der allerdings nach unserem Kalender ist das für Gewöhnlich Ende Mai / Anfang Juni.

Auch hier werden Häuser und vor allem Altäre mit bunten Figuren und Kerzen geschmückt. Auch hier feiert man gemeinsam, betet und gedenkt der Nächstenliebe und der Freundlichkeit anderen Menschen gegenüber.

Der Weihnachtsmann macht dem Christkind immer öfter Konkurrenz. Er begegnet uns in Fernsehen, Magazinen und Weihnachtsdekoration. Der alte Mann mit der roten Zipfelmütze „stammt" vom Heiligen Nikolaus ab. Dieser wurde als „Sinter Klaas" nach Amerika importiert. Sein einheitliches Aussehen – Rauschebart und rotes Gewand mit weißem Besatz - verdankt Santa Claus zum

Teil einer großen Coca-Cola-Kampagne in den 30er Jahren des letzten Jahrhunderts.

Man sieht – jede Religion hat seine eigenen Festtage. Die Art zu Feiern, ähnelt sich aber seltsamerweise oftmals.
In einer Zeit, in der es ganz normal geworden ist, dass die verschiedensten Religionen auf engstem Raume zusammenleben, ist es durchaus gut, wenn dies auch ohne Streitigkeiten geschehen kann.

Weihnachten auf Gut Aiderbichl

Eigentlich ist es ja schon eine weitere Tradition – das Weihnachtsfest auf Gut Aiderbichl.
Mittlerweile dient ja das Hauptgut in Henndorf am Wallersee im Salzburger Land als Kulisse für eine gut 90-minütige Weihnachts-Sondersendung, die in vielen Fernsehprogrammen per Eurovision ausgestrahlt wird.
Natürlich spielen in dieser Sendung die Schicksale der bisher geretteten Tiere eine der Hauptrollen.

Zunächst einmal: Was ist „Gut Aiderbichl" überhaupt?
Beginnen wir also am Anfang des Geschehens.
Untrennbar mit diesem geschützten Namen und natürlich der Philosophie, die hinter dem Ganzen steht, ist Michael Aufhauser.
Er hatte bereits 1991 bei der Tötung von Straßenhunden zusehen müssen und engagiert sich seitdem für einen ehrlichen und aktiven Tierschutz.
Da er aus einem recht wohlhabenden Elternhaus stammt, beginnt er im Jahre 2000 mit dem Bau von „Gut Aiderbichl" in Henndorf.
Es ist die erste Anlage dieser Art.

Hier werden meistens ehemalige „Nutztiere", wie Rinder, Pferde, Schweine, aber auch ehemalige Zirkustiere unter ordentlichen Umständen gehalten.

Im Jahre 2002 war Gut Aiderbichl maßgeblich daran beteiligt, dass Tiere als Mitgeschöpfe in die Salzburger Verfassung aufgenommen wurden.

Der Bestand an kurz vor der Schlachtung stehenden und wirklich bemitleidenswerten Tieren wächst seit diesem Tage unaufhörlich.

Seit dem Jahre 2009 gehören auch 40 Schimpansen fest zum Gut.

Viele von ihnen verbrachten mehr als drei Jahrzehnte in engen Käfigen eines Tierversuchslabors.

Nur weil Michael Aufhauser persönlich für die lebenslangen Haltungskosten bürgt, ist es möglich, die Tiere in ein eigens dafür erstelltes Haus zu bringen, können alle zusammenbleiben und gehen mit der Zustimmung vom Staat, dem Land Niederösterreich und der Gemeinde in den Besitz von „Gut Aiderbichl" über.

Soviel also zur Geschichte dieses absoluten Vorzeigeprojektes.

Wem es irgendwie möglich ist, der sollte bei seiner nächsten Reise unbedingt einen Besuch dort machen.

Ich habe bei meinen mehrmaligen Aufenthalten an diesem herrlichen Ort sehr gute Erfahrungen gemacht, wunderschöne Erlebnisse gehabt und kann einen Besuch wirklich nur empfehlen.

Zu Weihnachten ist es dort natürlich ganz besonders heimelig und die gesamte Umgebung strahlt einen seltsamen Frieden aus.

Man hat einfach das Gefühl, dass die Tiere ganz genau wissen, wo sie sich befinden und sie haben die eigentliche Bedeutung des Weihnachtsfestes wohl besser verstanden, als viele Menschen – leben doch dort so viele verschiedenste Tierarten unter einem Dach.

So kann es einem wirklich passieren, dass ein Esel, ein Schwein oder ein Huhn den gekauften Apfelkuchen mit vom eigenen Teller isst, um sich dann ohne jegliche Scheu oder Angst wieder von dannen zu machen. Alle Tiere laufen dort übrigens vollkommen frei herum.

Es ist schon etwas ganz Besonderes, an diesem wundervollen Ort zu sein.

Vielleicht bräuchten wir Menschen mehr von diesen Orten … Orte, an denen uns wieder bewusst wird, was wir auf dieser Erde tun.

Natürlich brauchen auch Menschen, wie Michael Aufhauser, weitere Unterstützung in Form von freiwilligen Spenden.
So kann man, wenn man denn möchte, auch symbolisch Pate von allen Tieren, und damit auch ein „Echter Aiderbichler" werden.
Ab 10,- Euro monatlich ist man schon dabei. Nach oben hin sind der Spendenbereitschaft natürlich keinerlei Grenzen gesetzt.
Eine mir sehr nahestehende Person hat dies gemacht und kann nun regelmäßig in das Gehege der Affen, welches im Normalfalle ja für den „normalen Besucher" gesperrt ist.

Man kann es offensichtlich sehen und nicht mehr so einfach verdrängen. Tiere – egal, ob wir sie nun als „Nutztiere" bezeichnen, ob sie unter einem Dach leben oder wild und frei – sind vor unserer Unvernunft nicht sicher.
Sie werden missbraucht, versklavt und zu Opfern einer „modernen" Welt gemacht.

Aber glücklicherweise nehmen das mittlerweile immer mehr Menschen wahr und reagieren entsprechend.

Denn am Beispiel der Tiere geht es grundsätzlich um die Achtung vor dem Leben selbst – also im Endeffekt auch um Unseres.

Der Weihnachtsmann auf der Autobahn

Ich weiß es noch aus der eigenen Erfahrung. Ich hatte ja fast alles, was ich wollte. Einen Firmenwagen mitsamt des „Autotelefons" und sogar eine eigene, fast 1oo qm große Wohnung in der Innenstadt einer deutschen Groß-stadt.

Dafür hatte ich aber auch sehr schwer gearbei-tet.

Die Wochen vor dem Fest waren natürlich beson-ders schlimm und von harter Arbeit geprägt.

Meine Familie sah ich nur ein Mal in der Woche für ein paar Stunden und ansonsten gab es eben nur die Arbeit für mich.

Der Arbeitstag begann um ca. 7:30 Uhr und en-dete meist erst nach 22:00 Uhr.

Ich war morgens der Erste und Abends der Letz-te, der das Büro betrat oder verließ.

In der Zwischenzeit telefonierte ich mir die Ohren heiß, half zwischendurch beim Verpacken und Versenden der Ware und manchmal war ich tat-sächlich nicht mehr in der Lage, nur einen Pieps zu sagen.

Ich hatte es geschafft, würden wohl die meisten meiner Bekannten und „Freunde'" sagen.

Ich denke heute noch oft daran, wie ich am Samstag Abend dann „nach Hause" fuhr … das Lied von Chris Rea … „Driving home for christmas" im Autoradio hörend. Es war eigentlich eine schlechte Zeit.

Natürlich verdiente ich eine Menge Geld, aber der Aufwand für das alles war mir damals schon einfach zu viel.

Wochen vorher schon hatte ich fast deutschlandweit die Kunden besucht und die Bestellungen zum „Weihnachtsgeschäft" entgegengenommen.

Auch dort lebte ich ja meistens im Hotel und das Abendessen bestand zumeist aus den gerade angesagten Burgern aus irgendeiner Schnellimbiss-Kette.

„Die Ständer müssen noch raus heute", war einer dieser Sätze, die mir einfach im Ohr geblieben sind und: „Geld verdienen kann Spaß machen."

„Natürlich, Du Arschloch", dachte ich öfter und ließ mir natürlich absolut nichts anmerken.

Eine Zeit lang hatte ich das zwar einfach so für mich persönlich angenommen, aber dieser besondere „Spaß-Effekt" wollte sich einfach nicht einstellen – so sehr ich mich auch bemühte.

Einmal hatte ich in seinem neuen Mercedes der absoluten Oberklasse gesessen. Dabei war mir ein kleines Bewegungs-Tableau aufgefallen, dass einige Zahlen auf einer Tastatur enthielt.

Auf meine lustige Frage, ob man denn damit auch Bargeld ziehen könne, antwortete er äußerst süffisant lächelnd:

„Ja – das geht durchaus: Allerdings funktioniert das nur mit meiner Karte. Mit Ihrer nicht."

Auch „zuhause" war es oft einfach nur öde und dann war ich eigentlich froh, wenn ich wieder los konnte.

Sie nutzte natürlich jede Gelegenheit, um mir vorzuhalten, welch Depp ich doch wäre – selber gearbeitet hatte sie jedoch niemals – erst nach unserer Scheidung.

Ich kannte ja nahezu alle Parkplätze und Autobahn-Restaurants auf der knapp 290 Km langen Strecke. Ich hatte dort fast überall schon einmal angehalten, um etwas zu essen oder meine Notdurft zu verrichten – manchmal auch Beides.

Während dieser Fahrten erhellte sich ab und zu meine Miene – weil ich ja wusste, dass nach Weihnachten mein Urlaub begann.

So süß dieser Gedanke mein Hirn auch flutete, so sauer stieß mir Sekunden später schon der Gedanke auf, dass ich ja den gesamten Urlaub mit ihr verbringen musste.

Sie war ja eigentlich ständig in so einer Art Kaufrausch und machte mir natürlich meistens Vorwürfe, dass ich nicht in der Lage sei, mehr Geld für die „Familie" herauszuholen.

Dann stellte ich mir vor, wie ich sie mit meinem Geld bei ihren Raubzügen durch die weihnachtlich geschmückten Kaufhäuser begleiten musste – ein Blüschen hier – ein Höschen dort - und hier und da noch einen vollkommen geschmacklosen Body in weiß, den ich sowieso niemals zu Gesicht bekommen würde.

Es war wirklich keine gute Zeit.

An diesem Morgen war jedoch etwas anders.

Als ich das Büro betrat, war ich ausnahmsweise nicht der Erste. Der arbeitswütige Prokurist war bereits an seinem Arbeitsplatz und ein Packer rannte bereits recht aufgescheucht durch das Lager. „Vielleicht gibt es ja heute Weihnachtsgeld", dachte ich noch.

So ähnlich war es auch. Alle Mitarbeiter bekamen am Nachmittag einen kleinen Umschlag ausgehändigt.

Ich bekam natürlich auch einen.

Ich erinnerte mich daran, als irgendwann einmal ein Kunde zu mir sagte: „Man braucht immer zwei Geldbörsen. Eine für die Familie und Eine nur für sich selbst."

Er hatte damals nicht Unrecht, aber ich entschied mich, wie eigentlich immer, für den Weg der Gemeinsamkeit. Es war mal wieder dumm von mir. Vielleicht hatte sie ja doch Recht.

An diesem Abend fuhr ich wieder in Richtung Heimat und dachte noch so über die „Beziehung" nach, die ich so führte. Wahrscheinlich war damals alles viel zu schnell gegangen und insofern war ich ja auch ein wenig mitschuldig an dieser Sache. Komischerweise war mir eigentlich längst klar, dass ich mit dieser Frau mein Leben nicht zu Ende führen würde.

Vor einigen Jahren war einmal eine „Zigeunerin" zu mir gekommen und fragte mich, ob sie mir denn die Zukunft aus meinen Händen lesen könne – natürlich umsonst.

Sie sagte etwas von einer anderen Frau, die plötzlich und ohne jegliche Vorwarnung in mein Leben treten und dass ich mit ihr tatsächlich glücklich würde.

Ich konnte das damals ja noch nicht einordnen, zumal ich ja gerade erst verheiratet war und diese Frau wirklich liebte – wie ich zumindest eine kurze Zeit lang noch dachte.

Dieses Gespräch mit ihr war mir - vielleicht sogar gerade deshalb und weil sie so felsenfest davon überzeugt gewesen war - niemals mehr wieder aus dem Kopf gegangen. Selbst nach einigen Jahren nicht.

Es hatte ja mittlerweile schon drei Wochen lang gefroren – richtiges Weihnachtswetter eben.

Die Berge, in die ich gerade hineinfuhr, waren vereist und fast weiß.

Irgendwie war ich weggetreten ... das Auto steuerte sich fast von ganz allein, das Telefon blieb still, ich dachte über mein bisheriges Leben nach und überlegte mir, wie ich es wohl grundlegend verändern könne.

Das war natürlich nicht einfach – viel zu sehr hatte natürlich auch ich mich an die finanziellen und doch erheblichen, sonstigen Vorzüge eines solchen Jobs gewöhnt. Den Neid und den Hass meiner „Freunde" bekam ich ja ganz umsonst dazu.

„... und ich werde an Weihnachten nach Hause kommen. Wir alle tun das oder sollten es tun. Wir alle kommen heim oder sollten heimkommen. Für *eine kurze Rast, je länger desto besser, um Ruhe aufzunehmen und zu geben."*

Das war ein Zitat von Charles Dickens, dem englischen Schriftsteller. Der ja schon 1870 gestorben war. Ich dachte gerade an ihn.

Den Burger-Laden in der unmittelbaren Nähe der Autobahn hatte ich längst hinter mir gelassen – von der Schnellstraße war das Logo ja weit genug zu erkennen.
Warum hatte ich dort nicht angehalten?
„Was soll's ?", dachte ich noch. „Dann wirst Du eben die paar Kilometer noch mit Hunger fahren müssen."

Irgendwie fuhr ich am Weihnachtsfest ja nicht mehr nach Hause – eigentlich war es eher ein Besuch.
Natürlich würde ich an Weihnachten wieder in die Kirche gehen – schon allein den Kindern zuliebe – mir dieses öde Gequatsche des Pfaffen anhören, ihm natürlich am Ausgang der Kirche ein Paar Mark in Hand drücken und ihm ein besinnliches Weihnachtsfest wünschen. Das würde er sich mit meinem Geld auch machen ... da war ich mir vollkommen sicher.
Eigentlich war es ein verlogenes Leben.

Plötzlich passierte es ... ganz ohne irgendeine Vorwarnung fing der Wagen an zu schlittern.

Ich senkte sofort die Geschwindigkeit und bemerkte natürlich sofort, was da passiert war.

„Das auch noch – ein Platten", hörte ich mich fluchen und steuerte unverzüglich die nächste Raststätte an, die glücklicherweise direkt vor mir lag.

Im nächsten Augenblick begann es wieder heftig zu schneien und nahm mir fast jegliche Sicht. Ich fuhr also auf die Raststätte und ließ den Wagen langsam unter einer Laterne direkt in der Nähe des Restaurants ausrollen.

Sehr verärgert stieg ich also aus und begann sofort damit, das Reserverad aufzuziehen.

Um nicht vollends zu durchnässen, zog ich diesen roten Nikolausmantel an, den ich am heutigen Tage noch von einem unserer Packer erhalten hatte und klappte zum Schutze vor der Kälte auch noch die rote Zipfelmütze hoch.

Nach nur einigen Minuten hatte ich das Rad gewechselt und wollte mich gerade wieder ins Auto setzen, da hörte ich plötzlich eine Mädchenstimme direkt hinter mir.

Ich war erstaunt, dass die Kleine sich bei diesem Wetter so weit aus dem Restaurant gewagt hatte. Im Hintergrund – geschützt durch die Überdachung – sah ich ihre Mutter stehen. Mit großen Augen und offenstehendem Mund schaute sie mich an.

Dann fragte sie: „Bist ... Du ... der Weihnachtsmann?"

Während ich noch etwas schmunzelnd überlegte, was ich dem kleinen Ding wohl antworten sollte, kam schon ihre nächste Frage: „Wo .. ist denn ... Dein Schlitten ... Weihnachtsmann?"

Während ich noch überlegte, kam schon die Stimme der Mutter durch den Schnee zu uns herüber geschwappt:

„Kerstin ... komm sofort wieder her ... aber sofort!"

Mit hastigen und schnellen Schritten war die Kleine den schmalen Pflasterweg zum Restaurant geeilt und ich hörte sie ihrer Mutter berichten:

„Mama ... da vorne steht der Weihnachtsmann."

Die Mutter sah mich lächelnd an und blieb für einen kurzen Moment stehen.

Dann sagte sie ihrer Tochter: „Das ist ja absolut klasse. Doch ich befürchte dass der Weihnachtsmann jetzt keine Zeit mehr für uns hat. Er wird gleich schon weiterfahren müssen."

Dann wollte sie ihr Kind an die Hand nehmen.

Dann bemerkte sie allerdings schnell, dass sie die Tochter wohl nicht davon abbringen könne, mir diese Frage noch einmal durch den Schnee zuzurufen:

„Wo … ist denn … Dein Schlitten … Weihnachtsmann?"

„Ja, es ist folgendermaßen", antwortete ich sofort. „Meinen Schlitten kann ich nur mitnehmen, wenn schon genügend Schnee auf den Straßen und Wegen liegt – und wie Du ja sehen kannst, sind einfach noch nicht genügend Flocken da."

„Das versteh ich, Weihnachtsmann", erwiderte die Kleine und lief wieder zu ihrer Mutter.

Vorsichtig mich anlächelnd zog sie ihr Kind wieder ins schützende Haus.

Dann hörte ich die Kleine noch rufen: „Jaaahuuu … ich hab' den Weihnachtsmann gesehen."

Ich zog den Mantel inklusive der roten Mütze wieder aus und setzte mich schnell wieder in den Wagen.

Als ich die Türen schloss, umgab mich eine seltsame Stille.

Dann grinste ich noch einmal, dachte an das kleine Ding und setzte meinen Weg der Heimreise fort.

Eine Weihnachtsgeschichte aus der „Thüringer Allgemeinen"

D er Zug fährt durch die Nacht. Durch die Schneelandschaft und an den Dörfern vorbei. Seine Lichter brennen hell. Für Augenblicke erleuchten sie die Umgebung. Die Weichen sind nicht gefroren und die Signale sind auf „Freie Fahrt" gestellt.

Die Räder rollen gleichmäßig und in gewohntem Rhythmus. Drinnen sind Menschen auf der Reise. Leipzig ist die letzte Station.

Es ist Weihnachten. Die meisten fahren nach Hause, da wo die Wurzeln sind und die alten Geschichten erzählt werden aus Kindertagen.

Ein paar Touristen sind auch dabei - Japaner auf Europareise. Des Nachts ist der Zug unterwegs. Der Lokführer ist erfahren. Er blickt auf 40 Dienstjahre zurück. Heute ist sein letzter Arbeitstag - Weihnachten.

Er schaut in die Dunkelheit. Er kennt die Strecke. Unzählige Male hat er den Zug gefahren. Er sieht die Lichter der Häuser vorbeiziehen. In den Abteilen ist es warm. Es wird geschlafen und gelesen, Kinder drücken sich die Nasen platt oder malen Pferde auf die beschlagenen Scheiben.

Drei ältere Herrschaften sagen Kontra und Re. Ein junger Mann mit Glatze hat Kopfhörer auf und summt „Stille Nacht".

Eine Frau wiegt ihr Kleines in den Schlaf. Der Zugführer merkt nichts davon. Er schaut in die Nacht und denkt: „40 Jahre und niemals habe ich die Fahrgäste gesehen. Niemals habe ich die Menschen gesehen, die ich tagaus, tagein befördere. Bedauerlich", denkt er. „Sehr bedauerlich. Gerade an Weihnachten. Ich hätte sie gerne gesehen, die Menschen."

Der Zug fährt des Nachts. Der Zug ist unterwegs. Letzter Halt vor Leipzig. Die Lichter der Häuser verschwinden im Dunkel.

Eine junge Frau betritt den Speisewagen. Am Arm trägt sie einen Korb voller Rosen. Sie hält inne und räuspert sich. Draußen steht ein heller Stern am Himmel über den Bäumen eines dichten Waldstückes. „Diese Rosen", sagt sie mit freundlicher Stimme, – die Reisenden erheben die Häup-

ter und sehen auf. „Mit denen hat es eine besondere Bewandtnis."

Ob ihr die verehrten Mitreisenden dafür einen
Moment Aufmerksamkeit schenken würden.
„Werden jetzt in der Bahn auch schon Rosen ver-
kauft, reicht das nicht in den Kneipen vollkommen aus?", schäumt einer.
Ein Kellner drängt sich durch den Gang und wie-
derholt lautstark ein paar Bestellungen.

Die Tür zur schmalen Küche wird geöffnet. Man
hört das Geklapper der Töpfe und das Geplapper
der Küchenleute. „Vor Leipzig will ich hier alles
klar haben", ruft der Koch, „es ist Weihnachten!"
Ein paar Menschen versuchen, ihre Aufmerksamkeit zu schenken. Das hatte sich die junge Frau
gewünscht. Leicht war es nicht - des Nachts.
Nächtliche Zugfahrt - Weihnachten.

Am Ende ist der Lärm verebbt. Es sind doch mehr
Menschen als eben noch gedacht, die der jungen
Frau mit den Rosen ihre Aufmerksamkeit schenken. Sie sei, sprach die Frau, die Tochter des Lok-
führers. Und ihr Vater habe just in dieser Nacht
seine allerletzte Fahrt. Er habe es immer wieder
so bedauert, dass er nie die Fahrgäste, nie die
Menschen habe sehen können, für die er da war.
Und sie habe sich gedacht, dass heute eine gute

Gelegenheit sei und ob sie allen eine Rose aus-
händigen dürfe, die diese wiederum bei der Ankunft in Leipzig ihrem Vater überreichen würden?
Es war einen Moment still, erst sah man viele er-
staunte Gesichter, dann viele nickende Köpfe. Die
Rosen waren schnell vergriffen - verteilt an Bun-
deswehrsoldaten, Manager, Monteure, Omas
und Enkel, eine Skatrunde und einen Kellner. Alle
warteten jetzt mit mehr Erwartung auf das Ziel.
Alle spürten wie sich da eine seltsame Wärme im
Körper breit machte und ein leises Lächeln.

Der Zugführer sah auf die dunklen Gleise und
zählte insgeheim die Menschen, für die er da war
in all den Jahren, fast eine Ewigkeit, da war, ohne
sie je zu sehen: „Es sind mehr, als Sternlein stehen", dachte er.
Als der Zug in Leipzig einfuhr war alles anders als
sonst, wenn ein Zug ankommt des Nachts.

Der sonst so eilige Strom der Reisenden schob
sich gemächlich dahin. In eine andere Richtung -
nicht zum Ausgang. Auf die Lok zu, vor der sich
lange Schlangen bildeten. Und jeder sagte dem
nach kurzer Zeit tränenüberströmten Lokführer
einen kleinen Spruch ins Gesicht. Und schon bald
war der Führerstand übersät mit Rosen.
Das dreiköpfige Empfangskomitee der Bahn, das

am Bahnsteig auf den Jubilar gewartet hatte um einen kleinen Strauß zu überreichen, starrte fassungslos auf das Geschehen. Und ein paar Japaner berichteten nach Hause von einem wunderschönen deutschen Bahnhofsritual zur Heiligen Nacht, bei dem die Lokführer nach ihrer Tour mit Blumen überschüttet werden.

Der Zugführer konnte kaum etwas sagen. Nur so etwas wie: „Nun habe ich die Menschen gesehen, für die ich da bin. So lange hat es gedauert. Fast eine Ewigkeit."

Bei Gott - und Gott im Himmel erinnerte sich an jene erste Nacht, als man sich wieder ins Gesicht sehen konnte. Gott und Mensch und wieder wissen konnte, wie das ist, sich wirklich zu sehen, die Liebe und das Leben.

Und die junge Frau sprach zu denen, die noch weitgehend fassungslos dastanden: „Gesegnete Weihnachten! Amen."

Die Geschichte von Frau Holle

Wie man ja weiß, sind Weihnachtsmärchen ein fester Bestandteil unserer hauseigenen und deutschen Literatur. Sie begeistern oder regen zum eigenen Nachdenken an – über die Weihnachtszeit oder über diese ruhigere Zeit an sich.

Die Weihnachtsmärchen besitzen dabei einen besonderen Zauber und erreichen sehr viele Menschen.

Dabei ist es vollkommen egal, in welchem Alter sich der Zuhörer gerade befindet. Sie strahlen eben diesen besonderen Zauber aus, welches ein echtes Märchen ja auch zwingend haben muss.

So gut wie alle Weihnachtsmärchen haben zudem eines gemeinsam: Sie tragen dazu bei, den Glauben an die Weihnacht und die wahre, echte Liebe zu bewahren – für den Einen oder Anderen vielleicht recht förderlich – ist man doch das „restliche Jahr über" einfach nur gemein, rücksichtslos und mehrfach chemisch gereinigt.

Die Gebrüder Grimm sind in diesem Bereich wohl die Ersten, die einem da einfallen würden ...

Luise Büchner ist aber ebenfalls eine recht bekannte Märchen-Erzählerin.
Von ihr stammt die folgende Geschichte, die wir ja fast alle kennen werden. Es ist die Geschichte von Frau Holle.

Vor ganz undenklich langer Zeit, da gab es noch gar kein Christkindchen, sondern nur eine Frau Holle.
Sie wohnte nicht weit von uns auf der höchsten Spitze der Odenwaldberge, auf der kalten, windigen Böllsteinerhöhe. Die schönen Odenwaldberge waren damals noch nicht, wie jetzt, fast bis hinauf mit fruchtbaren Feldern und schönen Wiesen bedeckt, sondern dunkle Wälder zogen sich fast bis zu ihrem Fuße hinab.
Hirsche und Rehe sprangen dort vollkommen frei und ungestört herum und eine Menge von Köhlern wohnte ebenfalls dort. So schön war es damals im Odenwald und ist es zum Teil noch, wenn es auch nicht mehr viele Leute wissen und sehen.
Auf der höchsten Spitze aber, auf dem Böllstein nämlich, war schon zu jener Zeit ein großer freier Platz.

Er war von hohen Tannen eingefasst und auf den freien Stücken lagen eine Menge von Steinen und Felsen herum. Genau dort hatte die gute

Frau Holle ihren Sitz und konnte über die anderen Berge hinweg weit hinaussehen in das Land bis an den Rhein, den Main und den Neckar.

Sie liebte alle Menschen, die da herum wohnten in Städten und Dörfern, sie kannte sie Alle und belohnte und bestrafte sie, je nachdem sie es verdienten. Ebenso kannte Jedermann die Frau Holle; die Guten liebten und die Bösen fürchteten sie, denn sie sah mit ihren hellen, durchdringenden Augen rings umher Alles, was geschah.

Die Frau Holle hatte auf dem Böllstein kein Haus, in dem sie wohnte, und wer am hellen Tage über den Berg ging, der merkte nichts von ihr, in lauen Sommernächten aber hörte man rings zwischen den Bäumen ein Kichern, Zischeln und Lachen, dass es den Leuten ganz sonderbar zu Mute wurde und sie lieber einen weiten Umweg machten, als über den Berg gingen.

Im Winter, wenn die Tage am kürzesten waren, da sah man auch manchmal ein helles Feuer auf dem Böllstein glänzen. Aber nur von Weitem, denn da lag der Schnee ellenhoch und es hätte Keiner sich hinauf getraut, wie auch Keiner den Pfad kannte, der zwischen den Felsen durch unter die Erde und gerade hinein in Frau Holles goldnen Saal führte, in dem sie wohnte. Dieser Saal *war wunderschön. Er hatte goldene Wände und eine silberne Decke, die von Säulen aus blauen Steinen getragen wurde.*

Dort drinnen saß also die Frau Holle - umgeben von einer ganzen Schar kleiner Engelein, die rosenrote Flügel an den Schultern trugen und statt der Kleider in ihren langen, blonden Locken gehüllt waren.

Mit den Engelein arbeitete die fleißige Frau Holle Tag und Nacht; sie spannen, strickten und webten, dass es eine Lust war. Wenn aber der Frühling kam, dann stieg Frau Holle herauf auf die Erde, zog ein langes, grünes Kleid an, setzte einen Kranz von Kornblumen und Ähren auf und fuhr in einem goldenen Wagen, den zwei schneeweiße Kühe zogen, über das ganze weite Land.

Wo sie vorüber kam, da streute sie Samenkörner aller Art aus und gleich darauf prangte die Erde in den verschiedenartigsten Farben. Hier breitete eine grüne Wiese ihren Blumenteppich aus, dort wogte ein reifendes Kornfeld, daneben lag wie ein blaues Tuch ein Acker mit blühendem Flachs ausgespannt und gelbe Rapsfelder durchschnitten gleich langen Bändern die Flur nach allen Richtungen.

Dies Alles ließ die gute Frau Holle wachsen, aber nur auf den Feldern der fleißigen Menschen.

Auf denen der Faulen machte sie, dass Disteln und Unkraut emporschossen. Wenn dann die Erde so schön geschmückt war, fuhr sie wieder heim. Nur an milden Sommerabenden, wenn der Mond schien und die Sterne flimmerten, stieg sie mit den Engelein wieder herauf und da tanzten sie auf dem dichten Heidekraut, das den Böllstein bedeckt.

So trieben sie es den ganzen Sommer und Herbst über, aber wenn die Blätter abfielen und die Nordwinde sausten, da ward es gewaltig kalt auf dem Böllstein. Des Nachts steckte man sich lieber in ein warmes Bett. Der Frau Holle ging es auch so und sie befahl den Engelein, ihr Federbett zurecht zu machen und tüchtig aufzuschütteln.

Sie schüttelten und rüttelten also an den Federn und Eins warf unter lautem Lachen das Andere hinein, so dass die Flocken bis über den Rhein und den Main hinüber flogen und stoben. Dann sagten die Leute drunten im Tal und in der Ebene: "Es wird Winter, die Frau Holle schüttelt ihr Bettchen aus!"

So holten sie ihre Pelzkappen und Pelzröcke hervor und steckten sich tief hinein. Die Frau Holle hatte aber auch einen dicken, warmen Pelzrock und eine Pelzmütze, die zog sie nun statt des schönen Kranzes über die Ohren. Für die Engel waren kleine Pelzröcke und Pelzkappen da.

Die Frau Holle war eine überaus fleißige und reinliche Frau und hasste nichts so sehr, als den Schmutz und die Faulheit. So wie sie im Sommer die faulen Landwirte strafte, machte sie es im Winter mit den schmutzigen und faulen Frauen und Mädchen. Darum kam sie des Abends in die großen Stuben, wo die Mütter und Töchter zusammen saßen und spannen, strickten und nähten. Sie setzte sich zu ihnen, arbeitete mit ihnen und gab genau Acht, wer seine Sache gut machte. Wenn ein Kind ein schönes, reines Strick- und Nähzeug hatte, fand es am anderen Morgen in seinem Körbchen eine hübsche, neue Puppe, oder ein Bilderbuch. Den Strümpfen aber, die überall Jahresringe von Schmutz zeigten und den Hemden und Schnupftüchern, die genäht waren, als ob sie von Sackleinen wären, denen war die Frau Holle todfeind. Da kamen die Engelein in der Nacht, fielen mit langen, feinen Scheren über die schlechte Arbeit her und zerschnitten sie in tausend kleine Stückchen und wo ein unordentlicher

Spinnrocken stand, den zerrupften und zerzupften sie so gründlich, dass auf der Welt nichts mehr damit anzufangen war. Kamen dann am andern Morgen die unordentlichen Mädchen und Kinder an ihre Arbeit, so fanden sie die Bescherung, aber keine Christbescherung, keine Puppe, kein Bilderbuch, sondern nur schmutzige Fädchen und Läppchen, und die Schande und den Spott obendrein.

Den schmutzigen Mama's aber ging es am allerschlimmsten; da brachten die Engelein in der Nacht lange Besen mit und fegten den Schmutz aus den Ecken hervor, wo man ihn hineingesteckt hatte. Sie kehrten alles an die Türschwelle. das gab oft einen Berg fast so hoch wie der Böllstein.

Auf diese Weise ward es wenigstens einmal im Jahre sauber im Hause und es wäre ein rechtes Glück, wenn die Engelein jetzt auch noch manchmal zum Fegen kämen. Weil es aber jetzt so ungeheuer viele Bücher gibt, in denen alles, was die Frauen und Mädchen tun sollen, geschrieben steht, dachten sie, sie könnten sich die Mühe sparen und brauchten kein Beispiel mehr zu geben. Wenn die fleißigen Mama's ihre Töchterchen recht loben wollten, dann wussten sie nichts Besseres zu sagen, als wie: „Du machst es fast so schön, als die liebe Frau Holle."

So lebte also die gute Frau Holle viele Jahre lang. Auf einmal merkte sie, dass sie ein wenig alt und schwach wurde und nicht mehr so recht fort kön- ne. Im Frühling und im warmen Sonnenschein über Land zu fahren, das ging noch an, aber die Wintergeschäfte wollten ihr gar nicht mehr beha- gen.

Nun hatte die Frau Holle einen lieben, alten Freund - das war der Storch. Der war weit ge- reist, hatte alle möglichen fernen Länder und Menschen gesehen und wusste immer guten Rat.

Der kam einmal im Sommer zu ihr auf Besuch, denn im Winter ist es ihm im Odenwald viel zu kalt. Dem klagte sie ihre Not und sagte: "Lieber Storch, ich bin alt und gar allein, da möchte ich gern ein Töchterchen haben, mit dem ich spielen und das ich hinunter zu den Menschen schicken könnte, um die Fleißigen und Braven zu belohnen und die Faulen und Bösen zu bestrafen. Du bist so weise und gelehrt und bringst allen Menschen- frauen die kleinen Kinder, da muss es dich doch auch freuen, wenn die Kinder brav und gut wer- den und etwas lernen."

"Ganz gewiss Frau Holle, das versteht sich von selbst", klapperte der Storch.

"Wenn ich nun ein kleines Mädchen hätte, würde ich es so lieb und fromm machen, dass alle Kin-

der ihm gleichen und von ihm geliebt sein möch-
ten. Lieber Storch, bringe mir von Deiner näch-
sten Reise ein kleines Töchterlein mit!"
"Mein liebe Frau Holle", sagte der Storch, "das
tue ich ja herzlich gern; das schönste, beste und
frömmste Kind, das ich auf Erden finden kann,
will ich Euch hierher bringen. Habt nur ein wenig
Geduld."
Frau Holle nickte und der Storch flog fort.

Der Sommer verging und der Herbst und der
Winter kamen mit Macht. Frau Holle schaute je-
den Tag sehnsüchtig hinaus, ob der Storch nicht
käme, aber vergebens. sie ward ganz traurig und
wollte gar nicht mehr ausreiten, wie sehr auch
die Menschen unten auf der Erde sich nach ihr
sehnten. Die Engelein taten, was sie konnten, um
sie aufzuheitern. Sie schüttelten und rüttelten
Frau Holles Bettchen und jagten die Federn so
hoch in der Luft herum, dass die Flocken ringsum
fußhoch lagen und Menschen und Tiere darin
stecken blieben.

Die Tage wurden kürzer und kürzer, die Nächte
länger und länger und endlich kamen die paar al-
lerkürzesten Tage, an denen die Sonne kaum Zeit
hat hervorzugucken und gleich wieder fort muss.

Eben war sie wieder im Sinken begriffen, da zeigte sich ein schwarzer Punkt über dem Odenwald, der kam näher und näher und wäre es nicht schon so dämmrig gewesen, hätte man leicht den Gevatter Storch erkennen mögen. Das war ja in dieser Jahreszeit eine seltene Erscheinung; er war es aber wirklich und er flog geradezu herauf auf den Böllstein und an Frau Hollens Fenster. Er schlug mit seinem langen Schnabel daran und rief: "Geschwind, liebe Frau Holle, geschwind macht auf, mich friert ganz erbärmlich!" Schnell rissen die Engelein das Fenster auf und ließen den Gevatter Storch herein.

"Da bin ich", sagte er, "ich komme weit, weit her aus einem heißen Lande, wo die Sonne fast nicht untergeht und habe Euch von dort das schönste, beste und frömmste Kind mitgebracht, das auf der ganzen Erde zu finden war."

Mit diesen Worten legte er ein kleines, schneeweißes Kindlein auf Frau Holles Bett. Als sie das hörte und sah, stieß sie einen Freudenschrei aus, und die Engelein jauchzten laut auf. Das war ein Vergnügen! Das Kindchen machte seine Augen weit auf, die waren so durchsichtig blau, wie der schönste Sommerhimmel, dabei hatte es eine Menge kleiner, goldner Löckchen auf dem Kopf

*und - das war das Schönste - zwei kleine, schnee-
weiße Flügel an den Schultern.*

*Der Storch, der als ein weiser Mann nicht gern
viel Worte machte, deutete auf die Flügel und
sagte nur kurz: "Damit es nicht auch auf dem
Zwirnsfaden reiten muss".*

*Dann sagte er: „Ich dachte immer an das, was ich
Frau Holle versprochen hatte und bin durch die
ganze Welt geflogen, ohne das ich bei den Menschen ein Kindlein finden konnte, das lieb und
fromm genug war, um ihr Töchterlein zu sein. So
ward es Herbst und Winter und meine alten Augen waren zuletzt ganz müde vom Suchen. Da
kam ich heute in ein fernes, fernes Land, wo das
ganze Jahr über die Sonne scheint und Frucht,
wie Blüte nie vergehen. Dort war es schon Nacht,
als hier noch Tag gewesen, aber das Dunkel erhellte ein großer, heller Stern mit so wunderba-
rem Glanze, wie ich noch nie gesehen. Der Stern
schoss pfeilgeschwind durch die Luft und ich flog
ihm nach, bis er über einer kleinen, niederen Hüt-
te stehen blieb. Ich sah hinein, da lag in einer
Krippe ein wunderschönes, herrliches Kind, von
dem ein noch hellerer Glanz als von dem Sterne
ausging. Rings um die Krippe schwebten Engelein
auf goldenen Wolken, die sangen so schön und*

lieblich, wie ich noch nie etwas gehört. Das Kind aber lächelte mich so freundlich an, dass ich dachte, dies ist das Kind, das ich Frau Holle bringen möchte, denn ganz gewiss ist es das liebste und beste auf Erden.

Da rief eine Stimme neben mir, von der ich nicht weiß, woher sie gekommen: 'Willst Du es mit Dir nehmen, dass es den kleinen Menschenkindern in Deinem Lande stets ein Kind bleibe? Das Kind von dem sie lernen, was Güte, Liebe und Gehorsam ist, selbst dann noch, wenn es schon lange das Licht geworden, das die ganze Welt erhellen und mit neuem Glanze verklären wird.'

Im nächsten Augenblick fühlte ich mich mit dem Kinde emporgehoben und wie im Sturm durch die Luft getragen, ohne das ich meine Flügel zu bewegen brauchte, und da bin ich nun.

Frau Holle und Ihr besitzet das Kind, das Ihr Euch so heiß gewünscht, das gute fromme Kind, dem die Menschenkinder in allem Guten nacheifern sollen, das freundliche Kind, das ihnen Freude spendet, wenn sie brav sind, aber auch das zürnende, das die Unartigen bestraft."
Während der Storch noch redete, weinte Frau Holle heiße Tränen still in ihren Schoß und selbst den mutwilligen Engelein wurden die Äuglein vor

Rührung trübe. Dann kniete sie neben dem Bette nieder, auf welchem das Kindlein lag und sprach:

"Ja, ich kenne Dich, Du bist das Licht der Welt, das über uns gekommen und vor dem meine Macht zu Ende geht. Die deutschen Kinder aber sind doppelt glücklich zu preisen vor allen Andern. In unsere deutschen Wälder und Täler bist Du niedergestiegen als Kind und in ihnen bleibst Du jetzt als Kind, bis in alle Ewigkeit und wirst allen Kindern das schönste und herrlichste Vorbild sein!"

Nun aber hielten sich die Engelein nicht länger, auch ihnen war ja die himmlischste Nacht angebrochen, die sie je gesehen und sie wollten diese in Jubel und heller Freude begehen.
Sie zündeten ihre Kerzchen an, mit denen sie in den lauen Sommernächten zwischen den Büschen und Gesträuchen herumtanzen und flogen damit auf die Fichten und Tannen, die den Böllstein umgeben.

Es war wunderschön anzusehen, wie viele Lichter zwischen dem dunklen Grün der Tannen glänzten und schimmerten.

Frau Holle war ganz entzückt davon; sie nahm das Kindlein auf den Arm und trug es hinaus, ihm die Pracht zu zeigen. Da machte es die schönen

Augen weit auf und lächelte holdselig; die Enge-
lein aber sangen:
"Sei gesegnet, Christkindlein,
Denn so sollst du heißen,
Weil noch nie so hold und rein
War ein Kind zu preisen!
Wer dich sieht, wird fromm und gut,
Muss vor dir sich neigen,
Oh, so nimm in deine Hut
Kindlein dir die gleichen!"

"Ja", sagte Frau Holle, indem sie das Kindlein
hoch emporhob zu den vielen Lichtern und den
ewigen, glänzenden Sternen. "So soll es werden,
und so glücklich wie ich jetzt bin, sollen fortan in
dieser Nacht alle guten, braven Menschen und
Kinder sein - es ist eine Weihnacht für mich und
für die ganze Welt. Übers Jahr, wenn du größer
bist, gehst du hinunter, wo die Menschen woh-
nen, bringst ihnen schöne Gaben und zündest ih-
nen schimmernde Kerzen an grünen Bäumen an,
damit ihnen die lange Winternacht so hell und
freudig werde, wie sie eben uns geworden ist."
Da klatschten die Engelein in die Hände und rie-
fen: "So soll es sein! Jedes Jahr wird nun den gu-
ten braven Kindern das Christkind neu geboren

werden!" Darauf gingen sie wieder alle in den schönen goldenen Saal. Der Storch aber flog fort.

Nun kennt Ihr also die Geschichte von der Frau Holle und dem Christkind, dessen Geburtstag wir ja sehr bald wieder feiern werden.

Der Penner

*O*ffensichtlich ist für uns diese Zeit ja wieder einmal gekommen – für einen Moment innezuhalten, sich auf die wirklich wichtigen Dinge im Leben einzulassen, sich zu fokussieren und gegebenenfalls auch einen vollkommen anderen und vielleicht auch neuen Weg einzuschlagen.

Im Laufe so eines Jahres gibt es natürlich immer eine Menge Dinge, die zum Umdenken animieren oder uns sogar dazu zwingen. Bei dem Einen ist es ein „Wink mit dem Zaunpfahl" in Form eines bleibenden persönlichen Erlebnisses, einer Krankheit oder Ähnlichem - bei dem Anderen ist es das, was wir gemeinhin als „Schicksalsschlag" bezeichnen.

Wie dem auch sei – es ist wieder einmal Zeit, über das Geschehene nachzudenken und andere Menschen natürlich auch zu animieren, dies ebenfalls zu tun. Vielleicht hat dies ja tatsächlich mit diesem, doch besonderen Zeitraum etwas zu tun.

So schreiben wir uns also Briefe, Karten oder auch kurze Wünsche zum neuen Jahr – ob nun wirklich so gemeint oder schlichtweg gelogen – das ist dabei eigentlich vollkommen egal.

Denn gelogen ist es ja meistens so oder so. Es gehört halt „zum guten Ton", sich zumindest einmal im Laufe eines Jahres etwas Gutes zu wünschen – auch, wenn es natürlich in keinster Weise so gemeint ist – lediglich allgemein gültige Floskeln verwendet werden, mit denen man ja nichts falsch machen kann.

„Das macht man eben so", wird uns die Mutter in diesen Situationen sagen und die Oma nebst sämtlicher Anverwandten werden zustimmend nicken. Nein – das macht man eben nicht so. Zumindest ich persönlich nicht.

Wer mich im Laufe eines Jahres bereits nicht beachtet oder mich übervorteilen möchte, schlecht redet oder sogar weitere schlimme Dinge tut - natürlich hinterrücks – was ja viel bleibender ist - der hat eben keinen Weihnachtswunsch verdient – zumindest nicht von mir.
Seitdem ich dies so handhabe, habe ich zur Weihnachtszeit plötzlich viel weniger zu schreiben (und auch zu schenken).

Den Menschen, die jedoch wirklich meine Aufmerksamkeit verdient haben, sage ich es einfach so – ganz ohne einen besonderen Anlass und üb-

rigens auch zu Ostern, zum Frühlings-, Winteran-
fang, Herbstbeginn, Start der Sommerferien, der
nächsten Grippewelle oder zu irgendeiner ande-
ren, sich gerade bietenden Gelegenheit. So ein-
fach funktioniert das.

Engelbert Schinkel, ein Schriftsteller und Dichter,
hatte dies einmal recht passend hinterfragt und
umschrieben: „Wenn Weihnachten das Fest der
Liebe ist – warum ist dann Weihnachten nur an
Weihnachten?"

Ich befürchte – viele von uns werden selbst bei in-
tensiverem Nachdenken keine wirklich schlüssige
Antwort auf diese doch eindeutige und eigentlich
ja auch recht einfache Frage geben können. Ehr-
lichkeit zu sich selbst und eigenes Nachdenken
sind da eben gefragt.

Trotz dessen hat diese Zeit ja etwas ganz Beson-
deres – das ist absolut keine Frage. Viele Denker
hatten sich ja bereits mit diesem besonderen
Zauber der Heiligen Nacht beschäftigt – eine Er-
klärung für dieses ganz besondere Gefühl blieb
man uns bisher jedoch schuldig. Das ist auch
nicht weiter schlimm – nicht Alles, was uns ge-
meinsam beschäftigt und bewegt, muss sofort
und bis ins Kleinste erklärt werden können.

Für einige Menschen – und das sollten wir keinesfalls vergessen – ist das Weihnachtsfest jedoch mit einem ganz anderen Gefühl verbunden. Nämlich dem Gefühl der Einsamkeit und des Verlassenseins. An keinem anderen Tag des Jahres ist dieses Gefühl ausgeprägter und es sind nicht Wenige, die davon geplagt werden.

Es war das äußerst dichte Schneegestöber, weshalb er nur schleppend vorankam. Er hatte sich zwar mittlerweile an diese Dunkelheit gewöhnt, aber die Augen machte er trotzdem immer wieder zu kleinen Schlitzen.

Es war verdammt kalt und die ausgelatschten Schuhe mit den löchrigen Socken taten natürlich ihr Übriges. „Eigentlich bin ich ein absoluter Blödmann", dachte er noch so bei sich. „Um diese Uhrzeit werden die Anderen jetzt wohl beim Abendessen sitzen. Es wird was Gutes geben."

Zu spät – die Zeit der Entscheidung lag jetzt ziemlich genau 3 Stunden hinter ihm und jetzt noch einfach zurück zu gehen … das war ihm zum Einen peinlich und zum Anderen vollkommen illusorisch.

Das hätte er rein körperlich gar nicht mehr geschafft. Er musste jetzt sehen, dass er ein möglichst warmes und dichtes Dach über den Kopf *bekam. Er fluchte insgeheim — jetzt würden sie wohl mit einem heißen Kaffee und der obligatorischen Tüte mit Keksen und anderem leckeren Zeug im Warmen sitzen und den Klängen der dicken Mira und ihrer Gitarre lauschen.*

Sie hatte ja vorher noch gefragt: „Wollt Ihr ein paar Weihnachtslieder hören?"

Bis auf einige Wenige waren sie alle dafür gewesen. Einige hatten sich sogar entschlossen, sich zu rasieren. Die unförmige Mira hatte derweil den Tisch mit Gestecken und Strohsternen geschmückt. Das war ganz schön feierlich.

„Mira," hatte Georg gesagt. „Lass das doch mit diesem sentimentalen Scheiß ... bring lieber Schnaps ... damit ich diesen ganzen Dreck hier vergessen kann. Für uns gibt es eben kein Weihnachten mehr. Es gibt kein Weihnachten ... es gibt keine Liebe und es gibt ganz sicher auch keine Hoffnung mehr für uns."

Dabei hatte er wieder so traurig geschaut.

Helmut hatte sich das angehört, die seltsame Mira gesehen, wie sie im Moment kein Wort heraus bekommen hatte und nur gedacht: „Du musst hier raus. So schnell wie möglich."

Dann hatte er noch schnell und überstürzt seinen Rucksack gepackt und war in die kalte Nacht geflohen. Die ersten Züge der kalten Luft waren ja noch ganz okay. Mit jedem weiteren Zug hatte er aber bemerkt, was er sich da angetan hatte. Es waren mindestens 10 Grad unter Null.

Mit einem Mal hatte er diese Erinnerungen wieder... die an seine Frau und die an seine Kinder … wie sehr sie sich immer auf den Heiligen Abend gefreut hatten.

Er hatte den Job verloren und dann war Alles, wie von selbst gegangen. Wenn nur diese verdammte Sauferei nicht gewesen wäre.

Alles kam jetzt auf Einmal: Strahlende Kinderaugen, das Gesicht seiner Frau und ihr enttäuschter, verächtlicher Blick, als er den Job verloren hatte. Berge von Geschenken. Dann kam der Absturz. Zwangsversteigerung, Kündigung, die Scheidung von seiner Frau und die Trennung von den Kindern. Das war schon hart.

Er hatte das Alles überlebt – wegen so einem bisschen Schneesturm würde er jetzt keinen Halt mehr machen.Die dicke Mira hatte ihn noch gewarnt. „Bleib lieber hier bei uns", hatte sie besorgt gesagt. „Du weißt nicht, in welchen Sturm

Du kommst. Und dann finden wir Dich nach ein paar Tagen mitten im Wald – erfroren."

Es wurde immer kälter. Die Stimmen in seinem Kopf wollten einfach keine Ruhe geben. „Gib' jetzt endlich auf, Helmut." „Erfrieren soll gar nicht so schlimm sein."

Ganz nahe ertönten Glocken. Er musste also kurz vor einem Dorf sein. Tatsächlich - die ersten beleuchteten Häuser tauchten bereits aus der Dunkelheit auf. Vor einem dieser Fenster bleib er einfach stehen und sah auf den beleuchteten Weihnachtsbaum und die Geschenke darunter.

Das konnte ja kein Mensch aushalten und so zog er schnell weiter... in Richtung dieser Kirche, von der nun die Glocken den Beginn der jährlichen Christmette ankündigten.

Als er näher kam, überlegte er noch: Wann war er das letzte mal in einer Kirche gewesen? Es musste ebenfalls an Weihnachten gewesen sein. Seine Tochter war ihm damals auf dem Schoß eingeschlafen. „Nein – auf keinen Fall in die Kirche", dachte er noch.

Dann schon fand er sich in einem Seitenschiff des Sakralbaus wieder und beobachtete die Menschen. Nach und nach füllte sich die Kirche mit

Menschen. Sie hatten irgendwie alle einen friedlichen Gesichtsausdruck und einen seltsamen Glanz auf den Augen.

Dann ging es los. Die Orgel spielte das erste Weihnachtslied und die gesamte Gemeinde sang es lauthals mit. Helmut ertappte sich beim Mitsingen.

Als die Orgel dann endlich „Stille Nacht – Heilige Nacht" spielte, konnte er seine Tränen nicht mehr zurückhalten und eigentlich war es ihm egal, wie laut er jetzt weinte.

„Die Kinder – Die Kinder," dachte er nur.

Irgendwann dann war die Messe zu Ende, das letzte Lied gespielt und die Predigt verlesen. Die Kirche leerte sich. Sie würden jetzt alle nach Hause gehen und das Weihnachtsfest feiern.

Helmut hockte noch immer auf der Bank und mit einem Male plagten ihn wieder diese Zweifel. Diese deprimierende Hoffnungslosigkeit wollte gerade wieder ganz von ihm Besitz ergreifen, da stieß ihn jemand von hinten an.

Es war Gunter, ein ehemaliger Tippelbruder – auch er hatte sich offenbar rechtzeitig davongemacht. „Komm mit mir. Wir Beiden werden in dieser Nacht zusammenbleiben. Wenn wir uns *ein wenig sputen, werden wir rechtzeitig wieder im Heim sein und bekommen sogar noch etwas von dem Kuchen mit, den die dicke Mira für uns gebacken hat. An einem Tag, wie dem heutigen, sollte niemand allein sein."*

Irgendwie ein wenig erleichtert packte Helmut seinen Rucksack. Sollte er vielleicht im Laufe der Jahre doch wieder so eine Art „Zuhause" gefunden haben? Der Weg zurück sollte zusammen wesentlich einfacher zu schaffen sein.

„Ja," sagte er etwas verlegen. „Ich wollte Dir noch ein frohes Weihnachtsfest wünschen."

Dann gingen die Beiden heim. Zu zweit war das ja ohne Weiteres machbar.

Weihnachten in frühen Jahren

Es war ja wieder diese Zeit – die Zeit mit der mehr oder weniger schönen Weihnachtsmusik auf den Straßen, im Radio und natürlich auch im Fernsehen.

Die Straßen und Häuser waren festlich geschmückt und auf den fußläufigen Zonen waren die Geschäfte und Auslagen feierlich dekoriert.

Dort, wo es etwas ruhiger wurde, standen dann diese Blechdosen-Sammler von der Heilsarmee. Bewaffnet mit Gitarre und Gesangbuch wollten sie den Menschen erzählen, dass Gott dies Alles so gewollt hätte – den weltweiten Hunger, nahezu überall Leid und Krieg und die schier maßlose Gier einiger Weniger.

Es war die Zeit, in der sich die Verwandten auch häufiger besuchten. Warum? Vielleicht wollten sie auch noch irgendein Geschenk mitnehmen.

Was, war eigentlich egal … einem geschenkten Gaul schaut man eben nicht ins Maul.

Ich hatte irgendwann mal gedacht, das wäre normal … so würde man halt Weihnachten feiern...

Ich hatte mich offensichtlich getäuscht...

Zumindest freute ich mich auf den Gottesdienst am heiligen Abend.

Schon lange vor dieser kirchlichen Veranstaltung kamen die Leute in Scharen an unserem Haus vorbeigelaufen - nahezu alle in eleganter Kleidung und sehr förmlich. Irgendwie glich es einer Prozession.

Alle, die das ganze Jahr über nur mit den elendsten Schweinereien aufgefallen waren und die ihre „guten Freunde" übers Ohr gehauen hatten, zogen nun gemeinsam in die Kirche.

Da lasen sie dann in der Bibel und sangen lauthals Weihnachtslieder. Natürlich musste man ja die Kinder daran erinnern, dass es schließlich an diesem Tage um die Geburt des Jesuskindes gehen würde – also um die endgültige Beseitigung des Hungers und den so lange auf sich warten lassenden dauerhaften Frieden auf dieser Welt.

Ich fand das damals schon äußerst fragwürdig und verlogen.

Aber es war ja der Weihnachtsabend. Da denkt man nicht an solche Dinge.

Da geht man eben gut gekleidet in die Kirche. Ich hatte damals schon öfter daran gedacht … wenn in dieser Kirche wirklich der liebe Gott wohnen würde, hätte er sie allesamt schon längst hinaus geschmissen - wahrscheinlich inklusive der scheinheiligen Pfaffen und den Presbytern, die ih-

rerseits selber ständig eine Hand im Klingelbeutel hatten.

Ich freute mich trotzdem auf den Gottesdienst. Dann war es mir auch egal, ob sie Geld aus der Kollekte nahmen oder ob sie sonst noch irgendwelche anderen Schweinereien vorhatten.

Was würde wohl nach den Feiertagen passieren? Ginge es nun wieder im selben Schritt durch alle Tage? Solange, bis irgend jemand wieder die Lichter anzündete?

Wo ist sie denn? Unsere so hochgelobte Christlichkeit und die Liebe zu allen Geschöpfen dieser Welt.

Alle drei Sekunden stirbt ein Mensch an den Folgen mangelnder Ernährung.

Sehr häufig sind die Kinder unter fünf Jahren betroffen. Jedes siebte Kind ist untergewichtig und jedes Vierte ist chronisch unterernährt.

98 % der Hungernden leben in Entwicklungsländern. Die Meisten von ihnen leben in Asien, in Afrika aber auch in Lateinamerika, in der Karibik oder in Ozeanien — das ist ja glücklicherweise weit genug entfernt.

In einer Zahl ausgedrückt, heißt das aber: 180 Millionen Kinder leiden weltweit an Hunger. Für sie gibt es kein Weihnachtsfest — und hierzulande laufen die Drecksäcke in schickem Zwirn in die Kirche.

Ach ja – es geht ja um das Jesuskind.

Jedenfalls freute ich mich eigentlich immer auf die Messe. Es war eben feierlich und die Weihnachtsleder taten natürlich ihr Übriges.

Seltsamerweise dachte ich dabei oft an meine eigene Kindheit und die meiner Kinder. Die Erinnerungen an diese Zeit sind irgendwie sehr lebhaft in meinem Kopf haften geblieben.

Damals kam also zuerst der Nikolaus mitsamt seinem treuen Helfer, dem Knecht Ruprecht.

Bei uns wurden die Beiden eigentlich immer durch die zwei Saufnasen von der Freiwilligen Feuerwehr dargestellt.

Bei den ersten beiden Besuchen bei den einzelnen Familien ging das eigentlich immer ganz gut. Beim dritten oder spätestens vierten Besuch waren die Beiden aber absolut voll. Sie mussten ja bei jeder Familie einen kleinen Absacker zu sich nehmen.

Mein zweitgeborener Sohn sagte mir einmal, nachdem die Beiden wieder weg waren und er zunächst mit hochrotem Kopf und vollkommen ehrfürchtig da gesessen hatte:

„Papa – kannst Du denen im nächsten Jahr mal eine reinhauen?"

Später kam der Nikolaus dann nur noch nachts. Dann kam die Zeit des Plätzchen Backens. Natürlich half ich immer mit – beim Backen.

Ich stach den Teig aus und probierte so manche Leckerei. Danach hatte ich meistens Bauchschmerzen. Eigentlich war das ja schon bewundernswert, was diese Frau alles in wenigen Stunden gebacken hatte.

In den Wochen vor Weihnachten war es oft auch schon kalt und es lag tatsächlich Schnee. Wir Kinder vergnügten uns also draußen mit Schlitten fahren oder Eisbahnen bauen – so kurz vor Weihnachten war das eine echte Wonne. Schlittschuhe gab es ja kaum.

Ich hatte mal ein Paar Gleitschuhe zum Umschnallen. Die waren auch ganz okay und ich glaube, ich war sogar der Einzigste in meinem gesamten Freundeskreis, der so etwas besaß.

Ich denke noch heute oft an diese besondere Situation. Ich lag, direkt vor der Haustüre mit dem Rücken auf dem Schlitten und schaute auf das Firmament.

Ich war ganz alleine weil die Anderen schon nach Hause mussten. Viele Gedanken gingen mir durch den Kopf und ich dachte daran, wie viele andere Zivilisationen wohl in diesem riesigen Universum leben könnten.

Ob vielleicht jetzt irgendwo dort oben ein kleiner Junge ebenfalls auf dem Schlitten mit seinem Rücken lag und darüber nachdachte, ob es mich vielleicht geben könnte – und wie er wohl aussehen würde.

Das Universum war ja groß und riesig. Da wäre es ja vollkommen normal, wenn dort oben irgendwo noch eine weitere Zivilisation leben würde. Vielleicht feierten die sogar Weihnachten.

Da plötzlich hörte ich die Stimme meiner Mutter, die mich rief: „Michael, es ist spät genug. Ich habe das Abendessen fertig. Komm' jetzt rein."

Meine Eltern hatten mir einmal sogar ein Paar Ski gekauft und mir gesagt, die wären vom Christkind.

Das war zwar vollkommen irrsinnig, da wir ja im Flachland wohnten … aber ich hatte sie mir halt gewünscht.

Weihnachten war eben immer eine ganz besondere Zeit für mich.

In der Schule war es auch irgendwie anders und feierlicher – da mussten wir alle eine besonders schöne Kerze mitbringen – die wurde dann an je-

dem Morgen feierlich angezündet, nachdem wir ein Weihnachtslied gesungen hatten.

Ich weiß gar nicht, ob man das heute auch noch so macht – wahrscheinlich nicht.

Man wird wohl eher darüber diskutieren, ob man als geschlossener Klassenverband den an der nächsten Demonstration der „Friday for Future"-Bewegung teilnehmen könnte – eigentlich ja nur, um einen weiteren Schultag zu schwänzen und keine Mathematik oder Deutsch zu haben.

Das muss der eigentliche Grund sein. Echte Argumente fehlen nämlich – und die zu besorgen, würde ja „Arbeit" bedeuten. Man müsste tatsächlich das Internet bemühen um dann letztendlich herauszufinden, dass es diese Klimaschwankungen eigentlich schon immer gegeben hat.

Aber ein echtes Wissen ist ja eigentlich gar nicht gefragt bei solcherlei Veranstaltungen.

Auf die Idee, vielleicht gegen die Ausbeutung, die Kriege, den Waffenexport in arme Länder oder gegen den weltweiten Hunger zu demonstrieren, kommen sie einfach nicht.

„Wir sind dazu in der Lage und werden eine Revolution starten", sagt sie - das von den Eltern gemanagte und vollkommen ahnungslose Vorzeigebalg dieser Bewegung.

Um Gottes Willen – bitte nicht. „In der Lage?" -
wollen wir doch einfach ehrlich sein.
Ihr seid doch ohne Eure Smartphones noch nicht
einmal in der Lage, einen defekten Rasenmäher
zu starten.

Früher war es eben einfach besser. Ich schreibe
das nicht nur einfach so. Es stimmt wirklich.
Mittlerweile gehen beide Elternteile arbeiten, da-
mit es überhaupt noch funktioniert und wenn
man die Live- Fußballergebnisse hören möchte,
benötigt man eine „Flat-Rate" für nur 29,95 € im
Monat.
Dafür kann man sich aber ja mit etwas Glück im
Vier-Sterne-Hotel drei Wochen lang bei All-Inclu-
sive-Verarztung in Marokko, Tunesien oder Ägty-
pten entspannen – und wenn man darüber hin-
aus noch etwas mehr Glück hat, wird man auch
am Strand nicht erschossen.

Ja – man muss diese Frage einfach offen und ehr-
lich stellen dürfen: Wohin haben wir uns denn
entwickelt?
Die Menschheit kehrt offensichtlich eben zurück
zu ihren Ursprüngen – wir werden nämlich wie-
der Höhlenmenschen.

Kehren wir aber zurück zu den Weihnachtsfesten meiner Kindheit.

Eines Abends – es war natürlich kalt und nahezu überall weiß - erzählte mein Vater mir die Geschichte von Rudolph, dem rotnasigen Rentier. Ich kannte ja den Namen – waren über ihn ja bereits viele Lieder geschrieben worden.

Ganz weit im Norden – dort, wo die Nächte länger sind und der Schnee irgendwie viel weißer ist, sind – wie man ja weiß – die berühmtesten Rentiere beheimatet.

Jedes Jahr geht der Weihnachtsmann dort hin, um sich die schnellsten und stärksten Tiere aussuchen zu können. Ihre Aufgabe ist es schließlich, den vollgepackten Schlitten durch die Lüfte zu ziehen. Dort in dieser gottverlassenen Gegend lebte einst auch eine Rentierfamilie mit ihren fünf Kindern.

Das Jüngste hörte auf den Namen „Rudolph" und war ein besonders lebhaftes Kind.

Er hatte aber noch eine weitere, ganz besondere Eigenart.

Immer, wenn sein kleines Rentier-Herz vor Aufregung etwas schneller klopfte, dann fing seine Nase an zu leuchten – in einem grellen Rot.

Natürlich wurde er im Laufe der Zeit damit zum Gespött seiner Geschwister und dem gesamten Rentierkindergarten.

„Da kommt er wieder – der Rudolph mit der roten Nase", riefen sie und lachten lauthals.

Natürlich versuchte Rudolph mit allen ihm zur Verfügung stehenden Mitteln, seine rote Nase zu ver´bergen, in dem er sie zum Beispiel mit schwarzer Farbe übermalte. Trotzdem begann seine Nase immer wieder rot zu glühen.

Seine Freunde und Mitschüler hielten sich dann die Bäuche vor Lachen.

Die Tage wurden kürzer und wie jedes Jahr, kündigte sich der Besuch des Weihnachtsmannes an.

In nahezu allen Rentier- Haushalten wurden die jungen und besonders kräftigen Rentiere herausgeputzt.

Ihre Felle wurden solange gebürstet und gestriegelt, bis sie bald schon kupferfarben schimmerten.

Dann war es endlich soweit. Auf einem riesigen Platz standen Dutzende von Rentieren, die alle mit ihren Hufen scharrten und schaurig schöne Rufe ausstießen. Nahezu Jeder wollte doch dabei sein.

Rudolph war natürlich ebenso dabei – allerdings war er den Anderen zumeist an Größe und Kraft deutlich überlegen.

Pünktlich und zur festgelegten Zeit landete also der Weihnachtsmann mitten unter ihnen.

Es hatte leise angefangen, zu schneien und der wallende, rote Mantel war mit weißen Tupfern übersät.

Er machte sich sofort an die Arbeit und nahm jedes einzelne Tier in Augenschein.

Rudolph kam die lange Wartezeit, wie eine Ewigkeit vor und als er endlich selbst an der Reihe war, glühte vor Aufregung seine Nase natürlich so hell, wie die Sonne.

Der Nikolaus trat auf ihn zu, lächelte freundlich und schüttelte den Kopf: „Du bist ein großes und kräftiges Bürschlein – und hübsch anzusehen noch dazu. Aber leider kann ich Dich nicht gebrauchen. Die Kinder würden ja erschrecken, wenn sie Dich mit Deiner roten Nase sähen."

Rudolph war natürlich zutiefst enttäuscht und sehr traurig.

So gingen also die Tage dahin und das Wetter verschlechterte sich zusehends.

Am Vorabend des Weihnachtstages übergab dann die Wetterfee den aktuellen Wetterbericht an den Nikolaus.

Mit einer sorgenvollen Miene blickte der Nikolaus darauf und seufzte: „Wenn ich morgen die Tiere anspanne, kann ich ja nicht einmal das vorderste Tier sehen. Wie soll ich denn da den Weg zu den Kindern finden?"

In dieser Nacht fand der Nikolaus natürlich keinen Schlaf und er sann angestrengt darüber nach, wie man einen Ausweg aus dieser ja schlimmen Krise finden könnte.

Schließlich zog er den Mantel und die Stiefel an, spannte „Donner" vor den Schlitten und machte sich auf den Weg zur Erde. Vielleicht konnte man ja dort eine Lösung finden.

Bereits während seines Fluges zur Erde begann es, unaufhörlich zu schneien – und zwar so stark, dass man kaum noch etwas sehen konnte.

Plötzlich entdeckte der Nikolaus mitten in diesem Schneegestöber ein kleines, rotes Licht. Dies leuchtete so hell, dass ihm der Schnee darum herum wie eine riesige Menge Erdbeereis vorkam.

Man sollte natürlich dazu wissen – der Nikolaus liebte Erdbeereis über Alles.

„Hallo Du!", rief er, als er näherkam. „Du hast ja eine hübsche und wundervolle Nase.Du bist genau das, was ich brauche. Hast Du nicht vielleicht Lust, Dich am Weihnachtstag vor meinen Schlitten spannen zu lassen und mir den Weg zu den Kindern zu zeigen?"

Rudolph konnte die Worte des Weihnachtsmannes zunächst gar nicht glauben und er antwortete: „Natürlich furchtbar gerne. Ich freue mich riesig."

Und so geschah es also, dass der Nikolaus am Weihnachtstag von einem Rentier mit einer roten Nase begleitet wurde.

Am nächsten Tag feierten die anderen Rentiere ihn, als sei er ein Held. Den ganzen langen Tag tanzten sie auf dem großen Platz und sangen: „Rudolph mit der roten Nase – Du wirst in die Geschichte eingehen."

Natürlich muss es eigentlich jemanden gegeben haben, der den Nikolaus und Rudolph bei ihrem Tun beobachtet hatte – sonst würde es ja heute die Geschichte vom Weihnachtsmann und dem Rentier mit der roten Nase gar nicht geben.

Der Christbaumständer

*E*s war einige Wochen vor dem Weihnachtsfest. Da hatte Vater beim Aufräumen des
Dachbodens einen alten und vollkommen
verstaubten Weihnachtsbaumständer entdeckt.

Es war allerdings ein ganz besonderer Ständer. Er hatte nämlich eine eingebaute Drehwalze . Beim vorsichtigen Drehen des Baumes konnte man nämlich das Lied „Oh Du Fröhliche" vernehmen.

Das musste der Christbaumständer sein, von dem die Oma immer erzählt hatte. Das Ding sah zwar im Moment noch recht fürchterlich aus, aber dem treusorgenden Familienvater kam da mit einem Male so ein Gedanke.

Wie würden sie sich alle freuen, wenn sich am Heiligen Abend plötzlich der Baum anfinge, zu drehen und dazu noch das Lied „Oh Du Fröhliche" erklingen würde? So nahm er also diesen Ständer ungesehen mit in seinen Bastelraum unten im Keller.

Ab sofort zog er sich also äußerst geheimnisvoll dorthin zurück und verriegelte die Tür von innen. Eine neue Feder und eine gründliche Reinigung – dann sollte das Ding eigentlich wieder wie neu aussehen.

Natürlich blieb sein Tun vor der Familie nicht verborgen und sie fragten ihn, was er denn dort so treiben würde.

„Weihnachtsüberraschung", sagte er dann nur möglichst trocken und desinteressiert.

Kurz vor dem Fest sah der Weihnachtsbaumständer aus, wie neu.

Jetzt musste also nur noch ein möglichst passender Baum dazu gefunden werden – um die 2,0 Meter hoch.

Und wieder verschwand er in seinem Hobbyraum. Er stellte den Baum in den Ständer und führte einen ausgiebigen Probelauf durch – alles bestens.

Sie würden große Augen machen, wenn sie das sehen würden.

Die Wartezeit war lang aber endlich war es dann Heiligabend.

Er bestand darauf, den Baum in diesem Jahr alleine zu schmücken und er hatte sogar echte Baumkerzen besorgt, damit auch von der Optik her alles stimmte.

„Die werden Augen machen", sagte er sich bei nahezu jeder Kugel, die er in den Baum hing.

Zum Schluss sah wer sich dieses Kunstwerk noch einmal an. Der Stern von Bethlehem war oben in dser Spitze, die Kugeln alle angebracht und das

Lametta war hübsch dekoriert. Die Feier konnte also nun beginnen.

Dann öffnete er die Tür und führte die gesamte Familie auf ihre eigens bereitgestellten Plätze.

„Jetzt kommt die große Weihnachtsüberraschung", verkündete er, löste die Sperre am Ständer und nahm so schnell wie möglich seinen Platz wieder ein.

Langsam begann der Weihnachtsbaum, sich zu drehen und leise erklang das Lied aus der Musikwalze.

Was für eine Freude. Die Kinder klatschten in die Hände und der Frau standen die Tränen der Rührung in den Augen. „Wenn das Mutter sehen würde", stammelte sie. „Das ich das noch erleben darf."

Eine ganze Weile schaute also die Familie verzückt und stumm auf diesen sich in seinem Festgewand drehenden Weihnachtsbaum.

Plötzlich ertönte ein schnarrendes Geräusch und riss sie alle aus ihrer Versunkenheit.

Ein seltsames Zittern durchlief den ganzen Baum und die Weihnachtskugeln klirrten plötzlich, wie kleine Glocken.

Nun begann der Baum, sich immer schneller zu drehen. Dabei hämmerte die Musikwalze wieder los – immer schneller. Es hörte sich fast an, als wolle „Oh Du Fröhliche" sich selbst überholen. Die

Mutter schrie laut los: „So unternimm doch endlich was!" Vater saß aber wie versteinert auf dem Stuhl und starrte stumm auf den Baum, der zwischenzeitlich seine Geschwindigkeit immer weiter steigerte.

Mittlerweile drehte er sich nämlich schon so schnell, dass die Kerzen hinter sich schon Flammen warfen.

Als Erstes löste sich der Stern von Bethlehem und sauste wie ein Komet durch das gesamte Zimmer. Das Lametta und das Engelshaar hatten sich mittlerweile erhoben und sausten herum wie an einem Kettenkarussell. Ein Goldengel trudelte durchs Zimmer und die Christbaumkugeln schossen wie Granaten herum und zerbarsten dann natürlich beim Aufschlag in tausend Teile.

Die Kinder hatten glücklicherweise hinter dem alten Sessel eine Zuflucht gefunden und schützten ihre Köpfe , auf dem Bauch liegend, mit den Armen.

So ungefähr musste es gewesen sein – damals in den Ardennen – als die feindlichen Sprengköpfe so kurz an einem vorbeigeflogen waren.

Zu Allem jaulte die Musikwalze, bis der gesamte vollautomatische Ständer endlich seinen Geist endgültig aufgab.

Durch diesen plötzlichen Stopp neigte sich der Christbaum jedoch zur Seite und fiel auf das kalte Büffet – natürlich die letzten Nadeln von sich gebend. Zunächst herrschte eine Totenstille – Vater und Mutter waren geschmückt, wie nach einer New-Yorker Konfettiparade.

Die Mutter sagte ganz ruhig, ohne sich dabei auch nur einen Deut zu bewegen, zu Vater: „Wenn ich mir diese Bescherung so ansehe, ist Deine 'große Weihnachtsüberraschung' ja wirklich gelungen."

Eines der Kinder meinte: „Du Papa - das war echt stark gerade. Machen wir das jetzt an jedem Weihnachtsfest so?"

Weihnachten der Tiere
(Autor unbekannt)

Die Tiere stritten sich wieder einmal darum, was denn die Hauptsache an Weihnachten sei.

"Das ist doch vollkommen klar", sagte der Fuchs, "der Gänsebraten. Was wäre Weihnachten ohne Gänsebraten?"

Der Eisbär sagte: "Schnee muss sein, viel Schnee! Weiße Weihnachten, das ist es!"

Das Reh aber sagte: "Der Tannenbaum ist es! Ohne Tannenbaum gibt es kein ordentliches Weihnachten!"

"Aber nicht mit so vielen Kerzen", heulte die Eule. "Schummrig und gemütlich muss es sein. Die Weihnachtsstimmung ist die Hauptsache."

"Und ein neues Kleid! Wenn ich kein neues Kleid bekomme, ist Weihnachten nichts!", rief der Pfau. Und die Elster krächzte dazu: "Jawohl, und Schmuck: Ringe, Armbänder, Ketten, am besten mit Diamanten. Dann ist Weihnachten!"

"Und der Stollen? Und die Kekse?", fragte brummend der Bär, "die sind doch die Hauptsache, und die anderen schönen Honigsachen. Ohne die verzichte ich lieber ganz auf Weihnachten."

"Und wo bleibt die Familie?", quakte die Ente.

„Erst wenn ich alle Lieben um mich versammelt habe, ist für mich Weihnachten!"
„Nein", unterbrach der Dachs. „Macht es wie ich: schlafen, schlafen, schlafen! Das ist das einzig Wahre an Weihnachten, einmal richtig ausschlafen!"
Dann brüllte der Ochse plötzlich auf: „Aua!"
Der Esel hatte ihm einen kräftigen Huftritt verpasst und sagte nun: „Du, Ochse, denkst du denn nicht an das Kind, wie die Anderen alle?"
Da senkte der Ochse beschämt den Kopf und sagte:„Das Kind, natürlich das Kind, das ist doch die Hauptsache!"
Nach einer Weile fragte er den Esel nachdenklich: „Du Esel, sag einmal, wissen das die Menschen eigentlich auch?"

Epilog

*D*as waren sie also … die Weihnachtsgeschichten, die mich heute noch in diese
ganz besondere Stimmung versetzen. So
ist es mit den anderen Menschen wohl ebenso.
Weihnachten ist ja, wie kein anderes Fest, etwas
ganz Besonderes für uns.
Nicht nur für uns Westeuropäer – nein – dieser
Tag wird ja nahezu weltweit begangen.
Vielleicht ist dies auch der Grund dafür, dass es
an diesen Tagen immer ganz besonders friedlich
scheint.
Die Arbeit ruht weitgehend … der Verkehr reduziert sich auf ein Minimum und die Umwelt ist
stiller als sonst. Eine seltsame Ruhe breitet sich
über der Welt aus.
Oft hat man das Gefühl, dass sämtliche Lebewe-
sen auf diesem Planeten dies ebenso wissen.
Vielleicht ist das ja auch der eigentliche Grund
für dieses Fest – in sich selbst zu gehen und das
eigene Umfeld neu zu bewerten.

Natürlich gibt es auch viele Menschen, die an
diesen Tagen leiden. Sei es wegen einer Krankheit
oder, weil sie einfach alleine sind – und diese Zahl
wird ja in den letzten Jahren immer größer.

Auf unseren Bahnhöfen zum Beispiel kann man diese Menschen ja sehr einfach finden.
Die Wenigsten von uns haben wohl jemals so eine Erfahrung machen müssen.
Aber sie fallen eben an diesen Tagen ganz besonders auf – natürlich nur denen, die etwas genauer hinsehen und vielleicht auch noch eigenständig denken können.
Das Leben besteht eben nicht nur aus teuren Geschenken und vorgetäuschter Liebe.

Das ist natürlich eine Frage: Wollen wir genau so weitermachen, wie wir es ja seit Jahren gewohnt sind?
Wir sollten uns das unbedingt klarmachen: Es kann definitiv nahezu jeden von uns treffen. Heute noch ein weitgehend sicherer Job und morgen schon am Rande der Gesellschaft.
Dieser Weg „vom Millionär zum Tellerwäscher" ist in einem System, wie dem unsrigen, ja recht schnell zu schaffen.
Wir sollten also den Blick für das Wirkliche, Große niemals verlieren.

Aus der Quantenmechanik ist ja bekannt und mehrfach erwiesen, dass wir lediglich 2 % von dem wahrnehmen können, was wirklich existiert.

Anders herum gesagt bedeutet das aber natürlich auch – etwas philosophischer gefragt: Sind diese anderen 98% nicht vielleicht viel wichtiger für uns?

Da macht doch dieses alte, amerikanische Sprichwort gleich einen viel weiteren Sinn. „Think big", heißt es - Also „denke groß" .

So sollten wir es meines Erachtens auch bei den Weihnachtsgeschichten handhaben.

Wir wissen eben nicht, welche von diesen Geschichten als reiner Zufall abgetan werden können oder wirklich so „gewollt" waren.

In jedem Falle regen sie den eigenen Geist an – und genau darum geht es ja.

Betrachten wir die Sache also ganz einfach einmal weltumfassend und global.

Wenn so viele Menschen, religiös und nahezu ganzheitlich an dieses seltsame Wesen glauben, dann muss es so Etwas eigentlich geben.

Natürlich wird es weder mit einem weißen Bart, noch in einem Engelshemd herumlaufen – existieren wird es in irgend einer anderen Form aber dennoch.

Es ist eben die menschliche Phantasie, die uns auch in diesem Bereich enorm beflügelt.